青春是一朵
西蘭花

一名文藝工作者的生活學指南 ②

米哈 著

目錄

前言：寫給沒有行動力的人

我喜歡西蘭花，喜歡它是菜，但不像菜，喜歡它比一般的菜硬，喜歡它與海鮮的絕配。反正，喜歡就是喜歡，而從小到大，每當遇到有人不喜歡吃西蘭花，我都大惑不解。

怎可能會不喜歡吃西蘭花呢？他們說，西蘭花有怪味；他們又說，西蘭花吃下去很傷胃；甚至有說，他們吃西蘭花後會嘔吐。於是，我們明白到，人有不同體質。

體質不同，自然體會不了彼此的難處，正如天生果斷的人，無法理解為什麼有人做事總是拖延。這本書，正是寫給有拖延體質的人，寫給那些沒有行動力的人，包括我。

對於凡事可以按部就班而順利完成的人來說，這本書是多餘的。但，若然你總是為計劃而計劃、總是推遲各樣的死線、總是受苦於巨大的壓力卻依然沒辦法起步工作的話，我希望，這本書的某章某節能夠幫助你。

說到西蘭花，是因為我偶然讀到一件關於龐克天王伊吉·帕普（Iggy Pop）的故事。話說，如果在網上搜尋「伊吉·帕普西蘭花」（Iggy Pop Broccoli），你竟然會找到這位非常有型的歌手，上身赤裸而在頸上掛了一朵西蘭花的表演照。

龐克與西蘭花？這風馬牛不相及的東西，是怎樣連結在一起呢？原來，伊吉·帕普十分討厭西蘭花，討厭到他要在演出合約裡面列明「承辦方要在他的更衣室準備一碗西蘭花」，好讓他可以在出場前把西蘭花扔進垃圾桶，以作自我鼓勵。久而久之，西蘭花給了伊吉·帕普一種討厭的驅動力。

這是我聽過其中一個最有趣的真人真事，也是一則非常好的比喻。因為討厭，所以拖延，但若然我們有方法將討厭的事轉化成行動力，那麼，我們大概可以成就任何的事。這本書，旨在與大家一起尋找這轉化的方法。

後來，我讀到《農業與食物科學雜誌》的一則研究，指出有人之所以討厭吃西蘭花，是因為一種稱為「半胱氨酸裂解酶」的酵素會在咀嚼時，從西蘭花的細胞釋出，並同時引發唾液中的酵素，從而產生臭味。但，研究亦提到，隨著年齡增長，這樣的酵素釋放量也會越來越少。換言之，人大了，又可能會喜歡上西蘭花。

這科研的結果，圓滿了西蘭花的比喻。西蘭花，像極了青春。

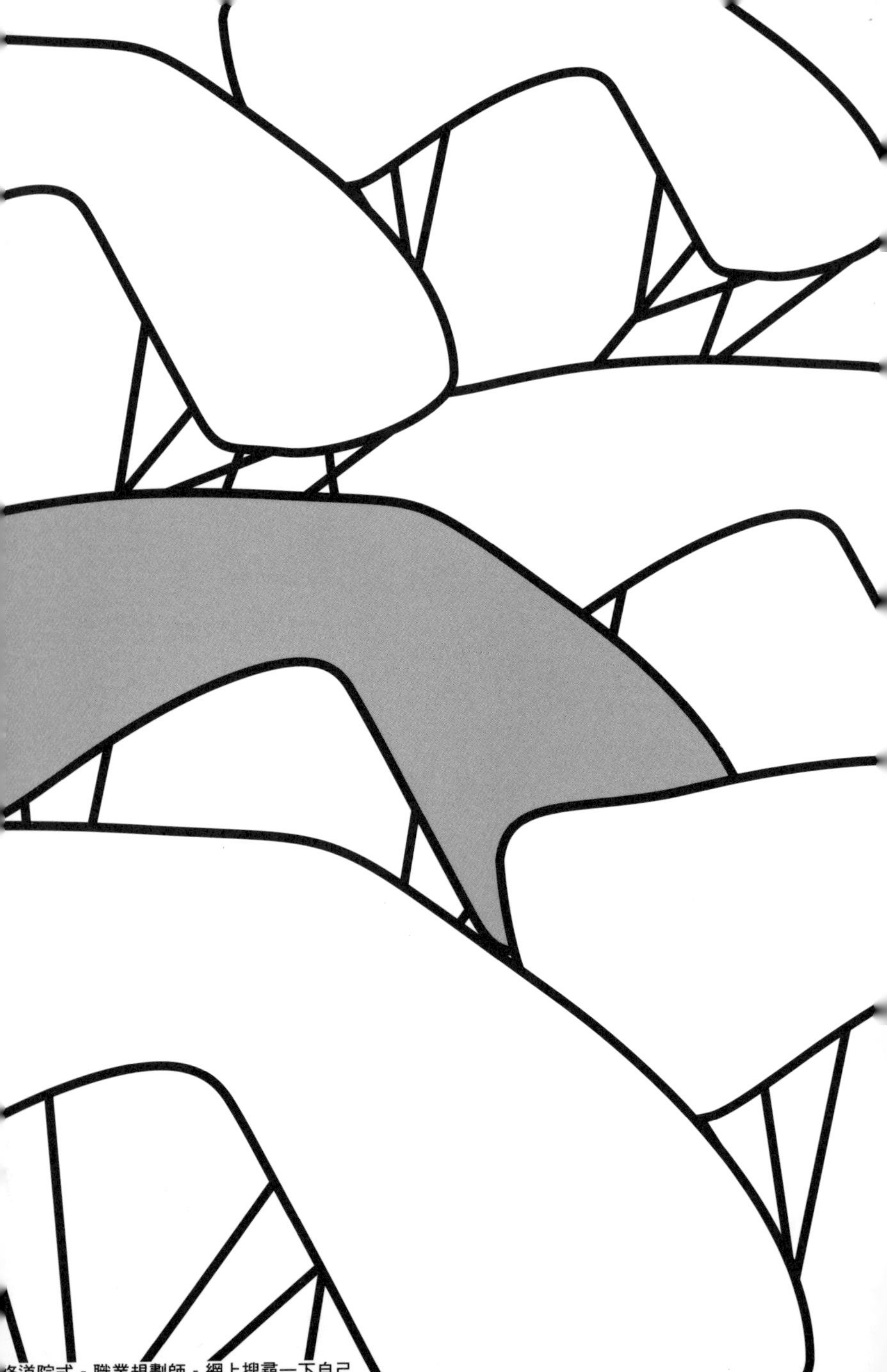

事業：你的降落傘是什麼顏色？

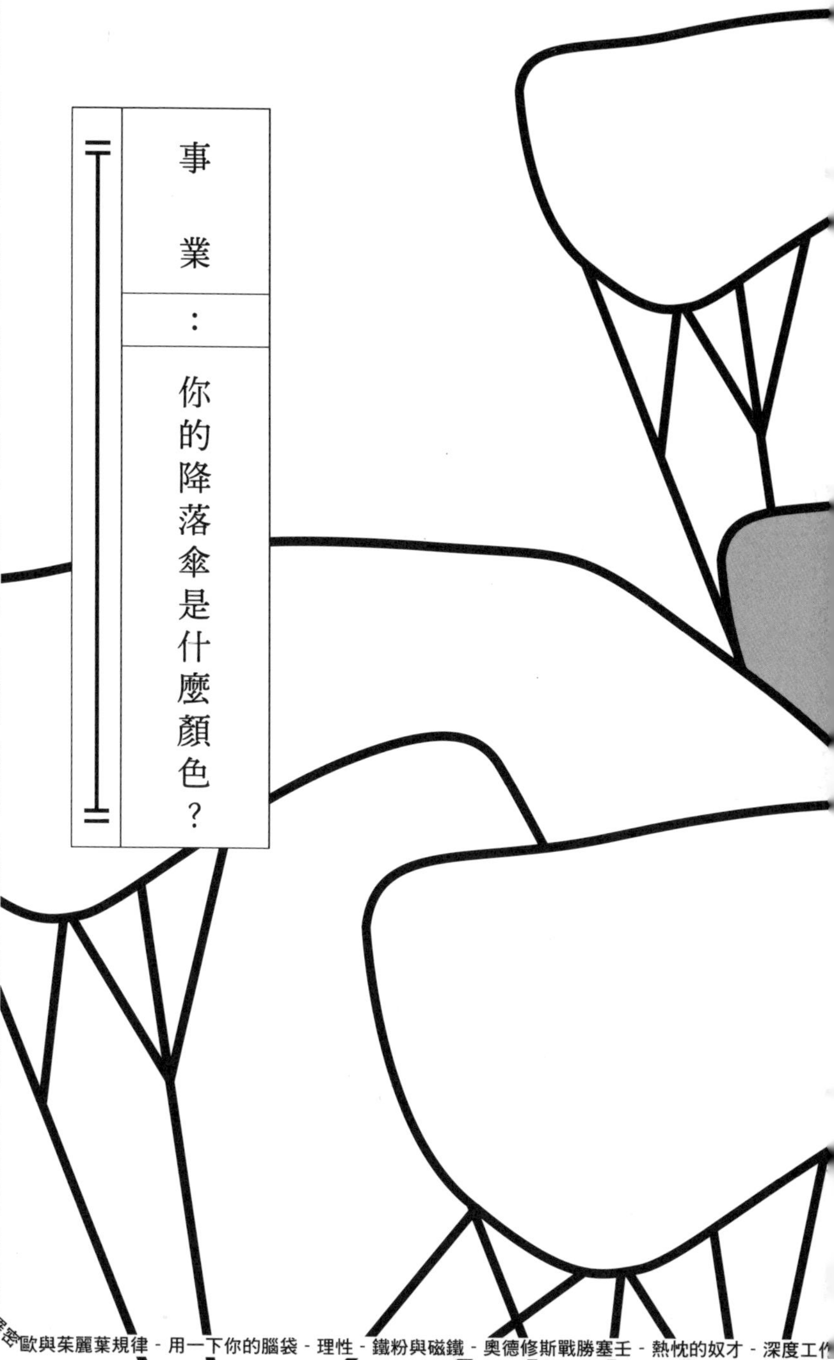

熟能生巧 - 長處 - 回饋分析 - 經營人脈 - 連鎖信實驗 - 聯繫人 - 人際行動計劃 - 打印機實驗 - 捷徑系統 - 免費派花 - 互惠原理 - 比較原則 - 海神號遇險記 - 匱乏規律 - 羅密歐與茱麗葉規律 - 用一下你的腦袋 - 理性 - 鐵粉與磁鐵 - 奧德修斯戰勝塞壬 - 熱忱的奴才 - 深度工作

有天，我讀到了一件趣聞，有報導引用了一份刊登在《當代生物學》（*Current Biology*）期刊的研究，研究用上了貝多芬（Ludwig van Beethoven）的去氧核糖核酸（DNA）報告來探討基因的天才因素，而報導宣稱：貝多芬的音樂天賦不高。

研究提到的「全基因組關聯分析」、「多基因指數」、「多基因評分」等等等等概念，我完全不懂，但我至少看懂了一個重點，也是這段趣聞扭曲了研究原文的重點：研究不在於指出貝多芬不是音樂天才，而是要強調「DNA 測試無法給予某位孩子最終是否會成為音樂天才的答案」。

我喜歡這個研究，純粹情感上的喜歡，因為它提供了一個起點，讓我堅持一個信念：沒有人知道自己是否天才，直至我們嘗試、行動、努力。

但，你有沒有害怕過自己怎樣做也不會變得厲害，又或者一輩子都證明不了自己有才，或得不到任何一種形式的成功呢？又說，如果我們終於會得到成功，為什麼成功還是未有到來呢？

文學史上，有一群極早成名的天才型作家，亦有為數不少大器晚成型的大師，例如亨利・米勒（Henry Miller）、松本清張、喬賽・薩拉馬戈（José Saramago）、安妮・普露（Edna Annie Proulx）等等。

大器之可以晚成，有說是純粹運氣，有說是技藝隨著年月而終於到家，亦有說以上兩者皆是，即作者不斷練習，**熟能生巧**，而在技藝成熟時碰上了機遇，就此馬到功成。運氣之說，暫且不談，但「熟能生巧」一事是真的嗎？

《現在，發現你的優勢》（*Now, Discover Your Strengths*）的作者馬克斯・巴金漢（Marcus Buckingham）提供了一個答案：既是，又不是。所謂「是」，因為人的確需要努力才能獲得進步，但之所以謂「不是」，因為單靠後天努力，未必能達到完美。

在當下的教育、職場，以至不少生活學的書籍裡，大家經常提到以「修正自己」來提高效率和生產力。老師、上司和人生導師常常要求我們審視自己哪裡有錯、哪方面表現不佳，並以改善這些缺點來提升自己的能力。巴金漢認為，這樣的觀念讓人過度留意一個人的弱點，而輕視、忽視，甚至忘卻了自己的優勢。

巴金漢引用一項針對近二十萬名員工的調查，當中問到：「你可以在每日的工作中發揮所長嗎？」調查顯示，只有百分之二十的員工「非常同意」可以做到。這樣說來，剩下的百分之八十的員工每天在崗位上正在進行什麼樣的事情呢？巴金漢說，他們大都在糾正自己的所謂不足。

原來，以人力資源的角度來說，絕大部份公司都會將資源放在處理員工缺點，提防他們犯錯，而非任人之所長，發展他們的優勢，何解呢？

撇開了管理上資源錯配的問題，其中一個解釋是：公司一般是保守的，傾向聚焦「損害控制」（Damage Control），即盡力採取措施將有可能造成的損害降到最低，而非重視員工的潛能，以做到公司跳躍式的發展，更遑論發現員工的個人能耐。

作為一間公司，這樣的做法不算是錯誤，這是公司保障基業穩定的方法，但作為一名工作者、一個忠於自己生命的個體，尤其是一名文藝工作者，我們不應該被這樣的觀念左右自己的成長。

我們需要留意自己的弱點，但在資源有限的選擇取捨之下，我們更要花時間和力量去提升自己的強項，發揮個人的優勢。當我們過於執著自己的弱點，也就只會吸引其他人聚焦於我們的弱點。相反，當我們投入發揮自己的優勢，別人便會以此來標示你、記起你，想到你是「某某外語的高手」、「體魄強健的伙伴」、「有邏輯推理力的大腦」……

話說回來，如果要一個人熟能生巧，我們便需要讓人置於他的優勢之中。在自己的優勢中進步，這才是邁向完美的方法。但，我們要怎樣找到自己的優勢呢？

巴金漢認為，所謂的優勢，是一種天性的關注力，是一種深入行為的邏輯。我們不一定能夠有意識的說出自己的優勢，但可以透過觀察自己的行為、分析直觀的反應來找出這個關注點。

舉例，當你的一名下屬跟你請病假，理由是兒子病了，你第一時間想到什麼呢？如果你即時由衷的反應是問候他兒子的狀況，這表示你是有同理心的人，善於關心別人；如果你立即想到要怎樣安排同事去填補請假者的工作，那你大概是善於危機處理的人。

巴金漢的意思是，我們即時的反應是誠實的，誠實告訴我們：我，最關心什麼呢？我們關心一件事物，不一定會成為那事物的專家，但若然這前提都不能滿足的話，它無論如何也不會成為你的優勢。

當我們覺察了自己的直觀反應之後，下一步要留意的是「渴望」。問一問自己：有什麼事情是我最想做到、學會、達成的呢？我是否有想像到自己要成為一個怎樣的成功人士呢？我可以怎樣做，才能夠滿足自己的成就感？

「渴望」是我們尋找優勢的指標，指示我們向什麼方向進一步尋找，而下一個指標是「快速上手」。當一個事物能夠成為你的優勢，它會暗暗給予你提示，那就是讓你比其他人更輕易上手，更快掌握到它的基本操作。

於是，我們會留意到，某些人很容易記得生字的發音；某些人嘗試兩三次就能享受在滑板上嬉戲的感覺；某些人不用看說明書，就可以本能一般操控各式各樣的電器。

各人有各人的優勢，分別只在於我們有沒有找到那是什麼樣的東西，並好好發揮和發展。透過追蹤自己的直觀反應、渴望，以及上手程度，你找到了自己的優勢與長處嗎？如果這個方法未能夠幫助你，那我們再聽一聽被譽為「現代管理學之父」的彼

得・杜拉克（Peter Drucker）之提議？

彼得・杜拉克著有經典作《21世紀的管理挑戰》（*Management Challenges for the 21st Century*），書中收錄了一篇他曾經刊登在《哈佛商業評論》而被廣泛引用的文章，題為〈自我管理〉。

在文中，杜拉克以一系列自問自答的問題，引導我們找到自我的最佳位置，而第一條問題正正是：我的**長處**是什麼呢？

杜拉克指導我們找到自己長處的路徑，源自於一個自十四世紀便存在的方法，名為「**回饋分析**」（Feedback Analysis），意思是「當你做出重大決策或行動時，記下你預期會發生的情況，等九到十二個月後，再把實際結果與你原先的預測相比對」。

當我們以回饋分析比較事件的預期與結果時，可以一步步了解自己高估了哪一個長處，或看輕了哪一個缺點，從而慢慢認識自我。認識自己的真正能力，是邁向進步與行動的第一步。杜拉克認為，只要花上兩三年時間，持之以恆的進行回饋分析，你便會知道「你最應該去做的要事」，以及「哪些領域你毫無天分，根本做不來」。

在此，你應該努力強化自己的長處，找出自己尚未達到完美的原因，並提防犯上「知識的傲慢」而忘了時刻學習。另一方面，你亦應該放棄浪費心力於自己沒有天分的領域，因為時間與精力應該放在可以教自己更有效進步的地方。

另一條杜拉克教我們自問自答的問題是：我是閱讀者或聆聽者？

所謂閱讀者，就是懂得好好演繹預先安排的稿子和內容的人；而聆聽者，即善於自由地跟與會者交談溝通，並作出適當回應與互動的人。無論是閱讀者或聆聽者，皆可以成為傑出領導，關鍵在於閱讀者不可以用聆聽者的技巧發言，而聆聽者亦不應該以閱讀者的方法講話。

杜拉克以歷代美國總統為例，指出：閱讀者總統，如甘迺迪（John F. Kennedy）會以厲害的演辭感動民眾，甚少即場與記者鬥嘴；聆聽者總統，如杜魯門（Harry S. Truman）則善於與大眾互動來闡明理念、爭取支持；而當聆聽者總統嘗試以閱讀者的方法來演說，便會造成災難，林登．詹森（Lyndon Baines Johnson）便是一例。

如果真的要實行一次為期數年的回饋分析，或許沒有方法比寫日記更好。但，寫日記，對於很多人而言，彷彿一則都市傳說。一方面，大家都聽說寫日記的好處，知道它可以幫助大腦整理記憶、處理思緒、記錄日常，以至可以更明白自己；但另一方面，卻鮮有人真的花時間寫日記。

的確，在忙碌的都市生活裡，不少人連睡眠時間也不足，試問怎可能寫日記呢？在此，日本作者伊藤羊一的暢銷書《1天1行小日記，寫出超強行動力》可以給我們一些頭緒。這書的簡單提議是：每天寫一行日記。

伊藤羊一認為，寫日記的主要目的是「回顧自己」，並從而成長。寫日記，讓我們可以「反覆進行『確實記錄當天發生的事情，思考對自己而言有什麼意義，獲得新發現』的流程，並試著實際去做發現的事」，「只要持續進行就能了解，即便是日常生活中的小事，也能有各式各樣的發現」，而不管多少歲，我們都能靠「回顧」與「發現」來成長。

為了以上目的，我們要寫日記，哪怕只是每天一行。

再忙碌的人也不至於每天花不了寫一行文字的時間，只要我們不要執著於在特定時間或地點書寫，例如，我們可以在通勤的路上、在餐廳等位，或在會議室等人齊的時間寫日記。一行日記，也不必只在睡前書寫，而只講究「每天寫一行」。當然，若然你在中午時寫了一行，而在睡前又想多寫一行，那也是有益的。

伊藤羊一認為，一行日記可以寫在任何地方，如筆記本、行程表、月曆、手機程式。哪裡方便自己記錄生活，哪裡就是你的日記簿。總的來說，一行日記最重要的規則，就是「不要設定太多規則」，想寫便寫。

如果你覺得以上的要求輕而易舉，你大可以嘗試一個完整版的「一行日記」：第一行文字，寫下今天發生的事（重點在於寫下能夠事後回想起情景或情緒的關鍵詞）；第二行，寫下有關此事對自己的意義；第三行，寫有關你在此事察覺的新發現；最後一行，寫下你將會有的後續行動。

你問，這豈止一行？有第一行，就有下一行！

一項涉及約二百八十名成年男子的調查指出，百分之五十六的受訪者透過私人渠道，如轉介、推薦或閒談之間找到自己的工作，而只有百分之十九的人從廣告得知工作機會。這調查給了你什麼啟發呢？

啟斯・法拉利（Keith Ferrazzi）在著作《別自個兒用餐——人脈達人的31則備忘錄》（*Never Eat Alone*）一書，引用了以上的調查，並告訴我們：人脈，至關重要，其重要貫穿了我們事業的起點、發展、突破，甚至危機。

所以，在認識自我的同時，我們也要學會**經營人脈**。

或許，你跟我一樣討厭所謂「經營人脈」一說，彷彿人與人的交情是一種資本主義式的交易，彷彿結交朋友就是看準別人對自己的好處一般。而有趣的是，旨在教導大家經營人脈的法拉利也不認同這樣功利式的說法，他告訴我們：只有真心想結交朋友、想朋友活得美好的人，才能享有豐富的人脈。

虛偽而自私的人，不會有美好的人脈。他們可能會認識不少人，但只會停留在卡片上的認識。當虛偽的人想要別人幫助時，只會吸引到另一個虛偽的人來佔便宜。法拉利提醒我們，「社交的本質是用各種形式來幫助其他人成功」。

當你為別人提供機會或價值，別人當然會常常想起你、聯繫你，也自自然然令你成為一個滿有人脈的人。只要你慷慨大方，不貪圖便利，努力讓自己的付出多於回報，你便當然會成為受歡迎的人。

受歡迎的人常常問自己：我有什麼可以幫助別人呢？

這種自我叩問與建立關係一樣，都有一種類似肌肉鍛煉的邏輯，即你越常用它，它便會越強壯。當你越想去幫助別人，便越有能力幫助別人，而當你越想幫助朋友，便會有越來越多的朋友。

你可能會問，只有我單方面幫助朋友，這樣的人脈有什麼用呢？要回答這功利的問題，也可以有一個相當功利的答案：朋友，不可能是有需要時才去認識的，正如你不可能在沉船之際才去買救生衣。

所以，當你正在沉沒時，你會想起哪一個朋友呢？

他是怎樣的一個人？在你的人際網絡裡，哪一個朋友的人際網最廣？而你有沒有留意到他的工作和性格有什麼特別之處？法拉利說，這些問題的答案可以助我們反思自己如何結交更多的朋友。

在一九六〇年代，社會心理學家米爾格拉姆（Stanley Milgram）進行了著名的

「**連鎖信實驗**」。米爾格拉姆將一封一式多份的信件，交給了一百六十位住在內布拉斯加州的實驗參加者，並請他們將信轉交到麻省的一個股票經紀人。

內布拉斯加州與麻省相距二千三百多公里。最後，信件是怎樣去到經紀人手中呢？

米爾格拉姆發現，成功送達的信件絕大部份都不是直接由參與者送到經紀人，而是經過不同的路徑送到三類人，然後才轉交經紀人。這三類人就是所謂的「超級**聯繫人**」。

這三類超級聯繫人，從事三種職業，分別是政界、傳媒及公關，以及餐飲業。所以，我們必須成為這三類工作之一，才能成就完善的人際網嗎？非也，法拉利引用這經典實驗來指出，我們不必要成為超級聯繫人，但盡可能與他們成為朋友。

《別自個兒用餐——人脈達人的31則備忘錄》一書建議我們將「真心交朋友」成為日

常習慣，所以習慣「別自個兒用餐」。一方面，這可以善用餐飲時間來交朋友；另一方面，是用餐的輕鬆氣氛，特別適合各人放下戒心、公事，而坦誠地聊天。

法拉利特別提到，人際網絡應該配合工作計劃一併思考，例如當你籌備一個活動時，不要只計劃分工和時間表，而要規劃「**人際行動計劃**」（Networking Action Plan, NAP），即一份將「能夠幫助你或給你意見的朋友」寫入計劃的計劃，並在計劃進行期間與他們保持聯繫。

試想像以下情況：你正在辦公室的影印機打印文件，突然有一個人來到，跟你說：「你可以給我先打印一份嗎？」你的答案是什麼呢？若你的答案是「可以」，想必你是一個與人為善、人見人愛的超級聯繫人。

然而，若然你的答案是「不可以」的話，試想像另一個處境：你在打印文件，然後有人來問你：「因為我太趕時間了，你可以給我先打印一份嗎？」你的答案又會是什麼呢？

打印機實驗證明，在「因為太趕時間」的處境下，有百分之九十四的人會讓對方插隊打印，但在第一個「沒有理由」的情況下，則只有百分之六十的人會同意。

但，這不算什麼驚奇的發現，實驗的驚喜在於：哪怕你提出的理由是多麼的無稽或不合邏輯，例如，你說：「因為我想要打印一份文件，你可以給我先打印一份嗎？」居然也有百分之九十三的人同意讓你插隊。

換言之，只要你以「有理由而提出要求」的句式提問，無論理由是什麼，基本上都可以達到獲得對方諒解的結果。心理學教授羅伯特・席爾迪尼（Robert Cialdini）在經典作《影響力：讓人乖乖聽話的說服術》（*Influence: The Psychology of Persuasion*）一書，引用了以上的實驗指出：人的心理主導了行為，而特定的心理反應，教人作出不理性的行為。

在打印機實驗，人們之所以無論什麼理由，也同意對方插隊，因為人的心理機制有一個「**捷徑系統**」。在複雜多變的世界，捷徑系統幫助我們快速應付各種事情，如見到紅燈會停步、聽到別人打招呼便會微笑等等。

其中的一個捷徑系統便是「傾向接受有理由的請求」。人們往往沒有仔細思考理由的內容，並在聽到「因為什麼什麼」的句式後，如捷徑一般「感覺」到對方有「理由」，而同意對方的要求。

因此，若然我們不想浪費掉一頓飯的時間，而想真心交朋友，並好好與人溝通，我們需要了解人類心理的各種潛在機制，如捷徑系統，從而學會有效的語言技巧。

在書中，席爾迪尼歸納了一系列可以影響人類行為的心理機制，並以個人與歷史例子說明。其中一個提到的例子是這樣的：

在一九七〇年代，一個印度教派組織開始在美國街上向途人**免費派花**。這個看似無傷大雅的善事，引起了當時不少途人的不滿，認為他們的舉動阻街。但意外的是，哪怕途人認為派花者滋擾，還是有相當多人在取了花以後，願意花錢捐贈該組織。為什麼呢？

席爾迪尼稱之謂「**互惠原理**」，而以我們的文化來說，大概就是「還人情債」。我們不喜歡欠人家人情，所以當我們受惠了（哪怕是對方強行將「恩惠」，如一朵花給予我們），便會想盡力償還這個「恩惠」。

同理，當一個人想你幫助他，他往往會以給你（本來未必需要的）恩惠或所謂「甜頭」來開始，並透過互惠原理，等待你以償還形式幫助他。這做法廣見於各種市場推廣活動，也見於不少人的人際網絡。

推銷者也會以「**比較原則**」來影響你的判斷。席爾迪尼分享了一次個人經驗：有次，他在街上遇到一名童軍，童軍向他兜售一張昂貴的童軍獎券。席爾迪尼拒絕了，但童軍立即轉而請他買一條一元的朱古力棒作捐款之用。此時，席爾迪尼立即掏腰包付錢。

回想一下：若童軍第一次出售的是朱古力棒，作者好可能拒絕了，並就此離去。然而，當童軍提供的第一個選項是昂貴的童軍獎券，而第二選項是一元朱古力棒，作者的「比較原則」心理便起了作用，產生了強烈的對比，樂意買了沒有想吃的廉價朱古力棒。

席爾迪尼之所以要解釋心理機制如何影響他人，旨在提醒我們避免心理作用的陷阱，從而減少做出不理性的行為。不理性行為，不是蠢人懶人普通人的專利，就連所謂的成功人士，也會有不理性的時候。

在美國電視名人堂上，有一個重要的名字——巴里・迪勒（Barry Diller）。迪勒曾經任職美國廣播公司，創造了《ABC 每周電影》，開創了「電視電影」的先河，其後擔任了十年的派拉蒙影業公司董事長兼執行長，並成為霍士廣播公司的創始人。如此卓越的傳媒大亨，也有重大決策失誤的時刻！

話說，在一九七三年，迪勒代表美國廣播公司以三百三十萬美元的天價，獲得了**《海神號遇險記》**的單次電視播放權。三百三十萬美元播放一次的價錢，不單成了前無古人後無來者的紀錄，更令美國廣播公司虧損了上百萬美元。當年，迪勒是如何犯下這錯誤呢？

原來，這次單次電視播放權的爭逐，是有史以來第一次以公開競投的方式進行。在《海神號遇險記》的魅力下，多間電視公司參與競投，相繼出價，不斷提高交易金額。最終，迪勒投得了，其他人才鬆了一口氣。

席爾迪尼認為迪勒公開展示了一次「**匱乏規律**」的心理作用，即是當人感到將要錯失一個「最後機會」時所作出的不理性判斷。

我們不一定會因為一間海味店聲稱「最後幾天，要錢不要貨」而盲目消費，卻好可能會因為網上購物的限時優惠而填滿了購物車。總之，當局者迷。

除了匱乏規律，我們還要提防「**羅密歐與茱麗葉規律**」。簡言之，就是越難越愛。當我們越難得到一件物品，我們便越想擁有它；當一些資訊被禁止了，我們越會想知道；當某些行為被阻止，我們便會越想去做。

席爾迪尼說，這些是人性，也是人們容易被操控的心理陷阱。當操控者明白這些心理作用的邏輯，便會以此製造「匱乏」或「越難越愛」的假象，叫人們自投羅網。

當我們認識到這些心理陷阱之後，好可能會想：朋友的談心、推介，真情流露，會否都在實踐這些理論，並想藉此影響我呢？難道世上只有功利式的博弈，而沒有了純粹的真誠相處嗎？

放心！席爾迪尼以一整本書的篇幅來告訴我們：透過有戒心的反思，**用一下你的腦袋**，人們是有能力分辨什麼是爾虞我詐的心理戰，什麼才是誠實待人的善意。我們帶著善意學習，越懂得這些心理機制，越會懂得真心待人。

我說到「用一下你的腦袋」，並不是斥責的意思，畢竟這是苛刻而有冒犯的責備。但，當我們真的遇上這樣的訓示，應該如何自處，如何應對呢？

我的策略是嘗試去理解這說話的意思：你叫我用一下腦袋，我應該怎樣用呢？

大家不用將這些心聲說出口，但作為一種自問自答，這倒是值得深究。而哈佛大學心理學系教授史迪芬・平克（Steven Pinker）的答案是，用腦袋的方法就是理性。

平克寫了一本重要的著作，書名簡單直接，正是《理性》。什麼是**理性**呢？平克從字源學出發，發現「理性」（Reason）的英語來自拉丁語「Ratio」，而「Ratio」的意思，即理性。這是一個循環怪圈。

字源學解決不了，平克便求救哲學。平克綜合了哲學家的說法，指出：理性是運用知識去達到目標的能力。

什麼是知識？平克寫道，「知識是一種真實的信念」。舉例，「錢包放在書架上」是你確認又相信的意念，這就是你掌握了的「知識」，而當你有了這知識，卻依然去鞋櫃找你的錢包，你就是不理性的人。

當我們明白了理性與知識的關係，便要進一步明白理性的另一個要點——達到目標！

平克引用了美國哲學家威廉·占士（William James）於一八九〇年提出的一個例子，要我們想像桌上有一塊磁鐵與一些鐵粉。當鐵粉接近磁鐵，便會以最短的直線距離撲向並接觸磁鐵。在桌上，磁鐵成為了鐵粉的目標。

然而，當我們將一張卡片放於鐵粉與磁鐵之間，鐵粉靠近磁鐵，並嘗試以最短距離接觸磁鐵時，必然會受到卡片所隔，接觸不了磁鐵。這說明了什麼？

卡片是阻礙，磁鐵是目標，鐵粉一遇到阻礙，便達不了目標，這是因為鐵粉欠缺「運用知識去達到目標的能力」，即欠缺理性（廣東話的奧妙：鐵粉遇上偶像，也不會理性）。

平克進一步解釋說，若然你不明白「**鐵粉與磁鐵**」的比喻，便去想一想羅密歐與茱麗葉的故事。當牆成為了阻礙，羅密歐便翻牆去親吻茱麗葉；當家庭是二人的阻礙，他們便想辦法去繞過家庭而相愛。

你以為這叫浪漫嗎？用一下你的腦袋，你會發現：這是理性，以理性去靠近目標。

理性是「運用知識去達到目標的能力」，但有時「運用知識」的方式並不像我們在試卷上答題一般。

古希臘史詩《奧德賽》（*Odyssey*）講述希臘英雄奧德修斯在特洛伊戰爭結束之後，漂泊了十年的回家故事。有次，奧德修斯來到海妖塞壬（Siren）控制的海域，而塞壬會以叫人迷惑的歌聲，引誘水手不知不覺駛向岩石海岸而觸礁。

幸而，奧德修斯得到了巫師的指示，將自己縛在船杆上，並以蠟暫時塞住水手的耳洞。最後，奧德修斯與水手，以及他們的船隻，成功避過海妖的引誘，渡過難關。

平克引用**奧德修斯戰勝塞壬**的故事，告訴我們：無知與自我約束，也可視為理性的一種選擇。

無知，也是理性？這是怎麼理解的概念呢？如果我們詮釋「以蠟塞耳」作為象徵我們拒絕獲得更多「知識」的比喻，那我們應該怎樣理解「理性是運用知識去達到目標的能力」這個說法呢？究竟，我們應該獲得更多知識去解決問題，還是要拒絕獲得資訊去達到目標呢？這又是否自相矛盾？

這讓我們回到「知識」的定義。平克認為，「知識是一種真實的信念」，以賦予我們「選擇的能力」，分辨需要知道與不必知道的資訊。因此，不去獲得一些不必要的資訊，也可以是一種理性的選擇。

舉例，銀行不會讓前線員工知道夾萬的密碼，以免他們受到銀行劫匪的逼問。銀行以員工的這一種「無知」來保護他們的安全與生命，這是知識，也是一種理性的選擇。

理性，給予我們選擇的能力，我們可以選擇要去知道更多，或選擇保持一定程度的無知。在此，十八世紀蘇格蘭哲學家大衛．休謨（David Hume）提醒我們：理性可以教我們選擇熱情！

休謨說，人的熱忱創造了生命的目標，而理性則幫助人選擇取捨過多的目標。對他而言，理性就是「**熱忱的奴才**」，非但不叫人冷漠，更可以協助人們帶著情感去運用知識，成就目標。

有了自我認識、人脈、理性、熱忱，那便開始工作吧！

美國明尼蘇達大學商學院教授蘇菲．李洛伊（Sophie Leroy）在二〇〇九年進行了一項有趣實驗：她安排兩組人參與兩個活動，分別是玩文字填充遊戲及分析求職者履歷。

兩組人都需要執行這兩個活動，分別在於：A組在玩文字填充遊戲的中途，即未完成遊戲的情況下，被指示去處理履歷分析；B組則在完成了遊戲後，才去做分析。

實驗結果顯示，A組的分析力明顯較低，原因是他們的注意力仍然停留在未完成的文字填充遊戲。在做履歷分析時，A組參與者的腦海充斥著未解的文字與字母。

《深度工作力：淺薄時代，個人成功的關鍵能力》（*Deep Work: Rules for Focused Success in a Distracted World*）一書的作者卡爾．紐波特（Cal Newport）引用這個實驗指出：一心多用是一種迷思，是一種降低效率與質素的工作狀態。

又說，一心多用，可以處理「淺薄工作」，而只有專心一致，才能做到「**深度工作**」。

所謂淺薄工作（Shallow Work），就是「非高認知需求、偏向後勤的工作，往往在注意力分散中執行。這類型的工作通常無法創造多少新價值，而且很容易被模仿。」

當人長時間進行淺薄工作，工作效率會降低，卻自以為繁忙。著名管理諮詢公司麥健時（McKinsey）於二〇一二年的一項調查中發現，一般員工花上六成工作時間在溝通軟件及網頁瀏覽，而只有三成時間處理文件與回覆電郵。這些員工長期處理淺薄工作，生產力不顯著，卻認為自己是**大忙人**。

相反，深度工作（Deep Work）的定義，則是：「在免於分心的專注狀態下進行職業活動。這種專注可以把你的認知能力推向極限，而這種努力可以創造新價值，改進你的技術，並且是他人所難以模仿。」換言之，這是一種非你不可、難以取代的工作。

在AI彷彿要取代人類勞動力的時代，我們的深度工作力成為了關鍵，而我們創造獨特工作力的第一步，便是學會如何專心、聚焦，指導自己進入深度工作的狀態。在此，紐波特按照不同人的性格與工作，歸納了以下四個深度工作的模式。

修道院式。這個從字面上就能看出他們的特點——像修士一樣，隱居在偏遠的地方，遠離喧囂，讓人難以聯繫。這模式不適合有家庭或伴侶的人，但有些作者、學者卻可用之（也是我羡慕不已的模式），其中最著名的例子可能是寫了《湖濱散記》的梭羅（Henry David Thoreau）。

雙模式。這意思是將時間分隔開來，以雙軌形式分別處理「深度工作」與「淺薄工作」。例如，我們可以設定某一段日子，或整整一個月份，完全進行深度工作，而其他時候完全是淺薄工作。明顯，這模式也不太適用於上班族，卻可以幫助自由工作者，尤其創作人在特定時間集中火力專注於單一項目，而其他時間便去從事教學、演講、策劃等工作。

節奏式。顧名思義，這是按照各人的節奏去安排深度工作時間。例如，上班族可以在上班前的清早，又或公司尚未多人的第一個辦公小時去進行深度工作，而其他時間則容許自己處理淺薄工作，並以深度工作作為全日的最後一個任務。

記者式。記者，是一種高度有生命力的物種，他們可以隨時隨地按工作需要而如入無人之境的飲食、休息，甚至拉筋，也是我最佩服的工種之一。紐波特的「記者式深度工作」，便是仿效記者的工作模式。他認為，當記者有效地在採訪、撰文、拍照、聊天之間，不斷切換深度與淺薄工作，我們也可以像他們一般快速切換工作模式。紐波特提醒我們，這模式只適合於有高度專注力的人，但我又想，這也可能適合於容易分心的人。一直分心，不斷專注，便可以了。

無論是四個深度工作模式，還是分成三十二個模式，其實，都是一個模式：重視深度工作的必要，然後按照你的生活規律，盡最大可能加插深度工作時間。

深度工作之可以發生，第一條件還是先要找到一份工作！

求職不是一件容易的事，而當下的問題是，這不容易的事變得越來越不容易了。以美國為例，在一九九四至二〇〇八年間，其失業人口中有一半只需約五個星期便能找到新工作；但自二〇〇八年起，只有百分之二十二至三十三的人可以在一年內找到工作。這不會是美國的特例，而是全球已發展經濟體的趨向。

求職艱難，那我們更要學會求得工作的方法。美國作者兼「**職業規劃師**」這職業的開山鼻祖理查德．尼爾森．鮑利斯（Richard N. Bolles）早於七十年代便寫了一本有關求職的經典作《你的降落傘是什麼顏色？》（*What Color is your Parachute?*）。

雖然這本書的第一版距今已有一定時日，但它是一本定期推出修訂版的著作。這意味什麼呢？這樣的操作告訴我們：哪怕書中引用的資料和社會背景需要更新修訂，書中的主軸思想是不變的。

舉例，在七十年代，書寫履歷至關重要，那是我們主動提供給僱主認識「我是誰」的唯一參考，但到了今天，潛在僱主卻以網上搜索的方式，通過不同的社交媒體，尋找你的帖文和照片來認識「你是誰」。時代不同，僱主認識你的方式也不同，但唯一不變的是：你需要以最大努力建立你想僱主認識「你是誰」的形象。

既然我們會花盡心思去設計和書寫一份履歷，為什麼我們會心存僥倖，認為網上可以搜尋到的個人形象是隨隨便便任意存在的呢？

研究顯示，百分之九十一的美國僱主會查看應聘者的社交媒體資料，而當中近百分之七十的僱主會因為發現了一些「不妥當」的信息而拒絕應聘者。因此，在求職之前，我們第一時間要做的不是去填寫履歷，而是在**網上搜尋一下自己**的名字，看一看搜尋到怎樣的照片或文字，並確保那是你想僱主認識的「你」。

在這裡，我們無法探討什麼是「真我」這哲學問題（也不見得一個人只有一個單一的「我」），我關心的是：你可以如何得到一份你想要的工作呢？

為了這個目標，我們要準備好自己成為一個適合得到這份工作的「我」。鮑利斯認為，求職與約會沒有太大分別，它們都可以總結為兩個問題：「你喜歡我嗎？」和「我喜歡你嗎？」這個過程都是將兩個希望建立關係的人聯繫在一起。儘管過去數十年，社會與職場文化有了不少變化，但這求職的本質是不變的。

當我們以約會來類比，擁有一份強大的履歷和網絡資料只是處於「暗戀階段」的準備，而約會的成功與否，在於見面！

面試的基本原則是：無論你想做什麼，都不要顯得傲慢和自以為是。這像是簡單不過的道理，但在高度強調個人主義與「做自己」的當下，這又是不能不提醒的：有時，我們說得太多；有時，我們太急於推銷自己；有時，我們甚至太想發言，而沒有好好聆聽面試官說完他想說的話，這都是大忌。

那麼，在緊張萬分的面試過程中，我們應該如何聚焦自己的表現呢？最好的面試者是

「專注於提供精確答案」的人。所以，不要顧左右而言他，也不要浮誇失實，最重要的是：不要急於或幻想表現出比履歷更出色的自我。人越急進，越容易突顯缺點。

同樣的邏輯，也可應用到薪資談判之上。討價還價是可以的，但無論是在汽車銷售、跳蚤市場，還是一場得來不易的面試，討價還價，講究技巧。其中一個技巧是：讓僱主先提出薪資建議。

你要耐心等待面試接近尾聲，才談及薪資。當你真的感到對方想錄用你，在這時候，你才提出薪資的討論，而如果你知道有多輪面試，則在最後一輪才展開這個話題。

回到書名，為什麼鮑利斯要問：你的降落傘是什麼顏色？

其實，這是一個提醒，提醒我們在求職的過程，不要只著眼於降落在什麼地方或目標，更要記得你的降落傘是什麼顏色，記得自我是怎樣的。求職是雙向的，若然急於降落到目標，只為了討好對方而忘了自己，這不會是一次有趣的求職過程，也不可能成為一次有益的工作機會。

話說回來，貝多芬之所以成為天才，難道是靠履歷和面試嗎？是啊！只是貝多芬的履歷，就是他的作品，正如所有的文藝工作者與創作人，我們以作品讓世界認識我們，以作品進行面試。所以，下一步，我們探討作品的第一因：靈感。

資組合 - 強韌心態 - 鞋裡的小石子 - 反向人 - 正向人 - 加一顆雞蛋 - 第一組老鼠 - 英雄式個人主義、踏實感 - 接受現實 - 穿上運動鞋 - 釋迦牟尼和耶穌 - 靜默 - 止息 - 同行的整體 - 創造力的敏感 - 將瑕疵成為亮點

靈感：為自己加一顆雞蛋

畢卡索曾經說道：「藝術家就像是感覺的聚寶盆，感覺來自四方，來自天上、地上，一張小紙片，一個眼前晃過的東西，或蜘蛛網。」那麼，我們這個聚寶盆，一天到晚可以聚多少的感覺，以及多少連結著感覺而來的信息量呢？

根據《紐約時報》的報導，我們平均每人每天處理相當於 34GB 的信息。34GB 是多少呢？我在網上查看，1GB 大概是 1, 073, 741,824 個字節，那 34GB 的極簡陋計算也就是約三百多億個字節。

我們一天不可能真的處理到三百億個字節。這樣的「處理」，意思是我們被過多的信息碾壓，而這樣的碾壓，並不可能讓人「聚」到感覺，除了窒息的感覺。

當我們沒有能力聚集信息與情感，那就沒有辦法使用，以至再製造這些創作的材料。

所以，在弄清楚如何獲得靈感之前，讓我們先準備好可以掌握信息的「大腦」，讓大腦可以騰出空間感受情緒。

在《打造第二大腦：多一個數位大腦，資訊超載時代的高效能知識管理術》（*Building a Second Brain: A Proven Method to Organize Your Digital Life and Unlock Your Creative Potential*）一書，作者提亞戈．佛特（Tiago Forte）鼓勵我們以「電腦與科技」建立自己的「**第二大腦**」，方便記憶、存取、管理，並減輕大腦的負擔，好讓大腦從事創意與想像的工作。佛特提出的方法，名為「CODE」，意思是：獲取（Capture）、組織（Organize）、萃取（Distill）、表達（Express）。

「獲取」，即捕捉你想要記住的信息。這可能是截圖、收藏網頁，或錄製語音備忘。你會問：我們不是一直有這樣做嗎？我的截圖檔案夾不是有過千張照片嗎？這正是問題所在！

佛特認為，我們不能被太多的資訊干擾，而忘記知識是一種珍貴的「資產」。我們不應該為了收集而收集，而要留意只有真正引起我們興趣或共鳴的信息，才稱得上是「資產」。以佛特為例，他每天只獲取「兩個」資產。

在書中，佛特引用了諾貝爾物理學獎得主李察・費曼（Richard Feynman）的思考方法來闡述如何管理獲取資產。原來，當費曼要處理一項研究時，他會列出一份約有十個核心問題的清單，而在生活上，每當遇到新的資訊，他都會以這些核心問題來檢測它，審視這些新資訊是否可以協助他理解，甚至解決那些核心問題。

通過這個「**費曼核心清單**」，費曼發現，解決核心問題的答案，往往出現在出乎意料的生活場景或知識領域，而佛特認為，建立個人的核心問題清單，有助於捕捉，並獲取對自己真正有益的知識資產。

以我為例，「如何以文藝照顧心情」是我其中一個核心問題，而每當在書本、網上或社交媒體碰見相關的新聞或歷史，我便會馬上將之「獲取」成我的知識資產，而「獲取」之後，就是「組織」。

佛特提到，我們所處的環境對塑造想法和觀念起著重要作用。舉例，我們在寧靜的大教堂裡，會傾向反思人生與感恩，但在擁擠的牙醫候診室，我們好可能會不耐煩地想到未完成的工作。這便是「**大教堂效應**」，乃是一種心理現象，揭示了物理環境如何影響我們的認知過程。

在「組織」一環，我們便要有「大教堂效應」的意識。佛特指出，我們的「第二大腦」是一個虛擬空間，保存著我們的知識資產。然而，這個空間的組織邏輯，與圖書館不同，而更像廚房。

在廚房裡，我們不會完全以物件的性質與內容來分類擺放，而是按「結果和過程」來組織。例如，我們可能有四支洗潔精，但我們不會將四支全部放在一起，而是放一支在當眼處，而其他存入櫃裡。這當中的邏輯，便是按我們在廚房的工作程序來思考。

順著這個邏輯，佛特提出了「PARA」組織法，即以「項目」（Projects）、「領域」（Areas）、「資源」（Resources）和「檔案」（Archives）來組織我們獲取了的知識資產。「項目」是具有期限的短期目標；「領域」是需要持續關注的長期議題；「資源」是我們感興趣，但還沒有轉化為項目或領域的筆記；「檔案」是用於已完成的項目或不再相關的領域。

在這四個類別中，「項目」是現在進行式，跟我們的日常工作最為相關，而「檔案」是過去式，是最不迫切的知識，但又是能夠喚醒我們成就感的資產。「PARA」組織法以「結果和過程」的迫切性來分類知識，一方面令人容易存取；另一方面，也令人不容易為獲取而獲取，而是專注於「獲取知識來變成產出」。

「CODE」方法的第三步是「萃取」。萃取，就是濃縮，而濃縮信息乃是透過分層的方法，讓人可以識別、獲取和提煉關鍵信息。分層層數越多，知識資產便越精純。那麼，萃取的過程是怎樣的呢？

第一，保存引起你興趣的文章。開始時，請先保存一篇引起你注意的文章或資訊。這可以是任何東西，例如部落格、新聞文章或研究論文，只要跟你的項目或領域相關即可。

第二，閱讀文章，並找出關鍵段落。在這個步驟，你要誠心地寧缺勿濫，只聚焦於真正令你感興趣，或有學到新知識的部份。

第三，標注關鍵的想法和詞語。在聚焦段落之後，以粗體或熒光筆標注其中的重要想法和詞語。這將有助於以後重讀時，快速識別重要的信息。

第四，撰寫摘要。這是最後，也是最重要的一步。撰寫不超過幾句說話的摘要，以顯示你真正從這文章領悟到的知識。

在此，佛特提到著名紀錄片製片人肯·伯恩斯（Ken Burns）如何整理資料與製作。當伯恩斯關注爵士樂或美國南北戰爭等主題時，他需要處理大量檔案資料，而他整理的態度是「每五十小時的素材，只會留下一小時」的分量來備用。

顯然，萃取就是一種減法的學習。將獲取的知識**去蕪存菁**，成為對你有用的資產。在資訊過剩的時代，我們要學會精益求精的自我紀律，弱水三千，只取一瓢飲，飲用適合你的水。雖知道水有益，但飲水太多，還是會中水毒。

「CODE」來到最後一步，也是顯而易見的一步：表達。

表達，就是將你萃取了而組織在第二大腦的知識內容，轉化為成果的過程。這個步驟，說起來簡單直接，卻也是最多人沒有做好的步驟，其原因就像購物，買的總比使用的多，而收藏了「稍後閱讀」的知識也總比使用的多。

佛特以十七世紀意大利哲學家詹巴蒂斯塔·維柯（Giambattista Vico）的一句名言提醒我們：「Verum Ipsum Factum」。這個拉丁短語的意思是「我們只知道我們做的事情」。

換句話說，我們只有在自己實際做了一件事情之後，才稱得上理解那件事情。通過採取實際行動，並創造某些東西，我們才會對掌握的知識有更深刻的認知。

那麼，怎樣可以鼓勵自己將知識轉化為成果呢？佛特的建議是創造知識的「小部件」（Intermediate Packets）。小部件的意思是一個大項目之中可以分拆出來的、較小且可以處理的部份。

以砌積木為例，我們不可能將一堆積木，轉眼變成一棟摩天大廈。我們會做的，是首先做好地基的部件、支撐的部件、頂部的部件等等，而最後將不同部件組合成摩天大廈。

同理，當我們將知識轉化成產出時，也不可能一步到位，而是為自己創造小部件。以我為例，每當我閱畢一位作者的書或生平，就會寫下一份筆記，或錄下短視頻。這些都是我的**知識小部件**，而當緣份到了，這些小部件便會以不同主題組合起來，形成一個課程或一本書。

小部件原則（加上維柯的拉丁語提醒），不僅適用於工作，還適用於生活。我們要以「實踐知識」來學會知識，也要以「活出道理」來掌握道理。知行合一，才會令學習與獲取知識變得有意義，也是令知識成為個人資產與品味的終極方法。

當我們明白了如何處理「個人知識資產」之後，我們就可以到下一課：如何尋找靈感。

美國暢銷作者提摩西・費里斯（Timothy Ferriss）寫了一本方便讀者**尋找靈感**的實用指南，名為《人生給的答案——你的掙扎，他們都經歷過，世界最強當你最堅強的後盾》（*Tribe of Mentors: Short Life Advice from the Best in the World*）。副題說的「世界最強」，是誰？原來，費里斯在書中採訪了一百多位來自世界各地的傑出人士，涵蓋了各個領域，包括商業、體育、藝術和娛樂事業等，談及他們如何找到生命的動力、指引，以至何以得到成功。

費里斯沒有明確指出什麼是成功之道，卻聰明地歸納了成功人士的共同習慣。他發現，受訪者的其中一個共同點是熱愛閱讀，尤其是領袖人物。

究竟，閱讀成就了一名領袖，還是領袖才有時間閱讀呢？不知道，但我們知道的是成功人士總能說出「影響自己一生的書籍」。例如，英國作家里德利（Matt Ridley）說到道金斯（Richard Dawkins）的《自私的基因》（*The Selfish Gene*）如何指引他思考「什麼是生命」，更令他反思自己可以怎樣以寫作展示科學。

有時，書籍給予我們的，除了是生活或工作上的啟發，更可以是精神上的感動，例如，「TED」演講平台的策展人安德森（Chris Anderson）便強調C・S・路易斯（Clive Staples Lewis）的兒童小說《納尼亞傳奇》如何激發了他的想像力。

除了閱讀，費里斯發現另一個成功人士的共通點，是他們都經歷過至少一次重大失敗。

挫折是不可避免的，但失敗給予人們學會振作的機會，而在失敗之中，人更可以享受到無拘無束的自在，因為當事人沒有了「期望的負擔」。例如，當「野獸男孩」（Beastie Boys）的第二張專輯表現不佳時，樂團便享受到暫時離開公眾視線的好處。於是，他們可以更專注於音樂創作，並在三年後，發行了同時得到藝術和商業肯定的專輯《敲敲你的頭》。

無論是閱讀書籍，還是從失敗中學習，這都是投資——對自己的投資。

投資自己，是非常重要的成功習慣。以治療師和關係專家艾絲特・佩萊爾（Esther

Perel）為例，她花時間和心力學習九種語言，使她能夠與世界各地的人流利交流。哪怕處理複雜與敏感的議題，例如性，佩萊爾都可以找到恰當的措辭，好好駕馭討論，這一切歸因於她在語言學習上的投資。

費里斯提到，我們可以投資在能力提升，也可以投資在休息。《哈芬登郵報》的創始人阿里安娜．哈芬登（Arianna Huffington）在二〇〇七年退下火線，即將時間與心力投資在身心健康。她休息了好一段時間，將生活的優先考慮放在健康之上，對她來說，這是讓她未來走得更遠的重要經驗。

我們也可以投資在建立自己的同伴。音樂製作人里克．魯賓（Rick Rubin）和暢銷作家史特勞斯（Neil Strauss）不約而同的發現，當運動成了習慣，這可以引導他們建立了一個朋友圈，並從此使他們以積極和興奮的心情持續運動。魯賓提到，在同伴的情感支援下，他成功從人生體重的最高峰減下了一百多磅。

在投資自己的路上，不斷審視和調整自己的定位，至關重要。當我們以為「運動」是絕對美善的習慣，企業家傑森．弗里德（Jason Fried）卻指出，運動成為了他的藉口。他經常用「健身之後」來為其他不健康的習慣辯解，例如在有健身的日子，他縱容自己飲食不良、睡眠不足。

從如此的自我審視，弗里德重新平衡生活，透過減少運動量，並同時減少壞習慣，來令自己活得更加快樂。這也教我們再一次明白，自我提升的秘訣在於學會以不同的方式看待事物，而不是盲目執行別人聲稱的好習慣。

在《人生給的答案——你的掙扎，他們都經歷過，世界最強當你最堅強的後盾》一書，雖然費里斯收集了好一些寶貴的經驗與分享，但同時，他又弔詭地發現成功人士也時常給予糟糕的建議。原來，並非所有的建議都是可取，而我們必須培養辨清意見好壞，又或判斷意見是否適用於自己的能力。

曾經打破多個世界紀錄的舉重選手艾德・寇恩（Ed Coan）便說：「我們不要盲目採用新潮的技巧」，而要牢記經得起時間考驗的基本原則。新潮的技巧往往講求新鮮與速效，而所謂**基本原則**，卻是常識，就像吃的比消耗少便會瘦、收入比支出多便會有餘額一般。

另外，我們也要提防自己的奴性與羊群心理，避免盲目跟隨他人的領導。著名投資者達利歐（Ray Dalio）便認為，投資風險總是來自於人們跟風入市，並終於導致過度的不理性資金投入。企業家貝爾斯基（Scott Belsky）更說道，我們甚至不要盡信專家的建議，因為真正革新行業的人，往往是外部人士，而不是專家。

換言之，專家提醒我們，**不要輕信專家**的意見！（那請自行判斷是否接受這專家的意見）。

最後，費里斯又發現，絕大多數的成功人士都建議我們去關注他人，並發展自己的善意。在此，捐款不是唯一的途徑。致力於慈善事業的企業家貝尼奧夫（Marc Benioff）提供了一個可以參考的務實方法：問一問自己可以怎樣幫助到社區內的公立學校呢？在尋找答案的過程中，你會審視自己的能力，也可以詢問校方是否有任何你可以幫忙的事情，更可能與學生們對話，並終於找到自己可以貢獻的崗位。這些幫忙，可能是金錢，可能是時間，也可能是你的經驗與知識。

當我們找到方法去貢獻自己，也是我們最清楚自己的強項，以及想到可以如何明確地提升自我的時候。**帶著善意助人**，同時助己。

那麼，當有了以上的建議，而如果我們覺得其中有一兩則是可取的話，我們又可以如何將之實踐於生活與行動呢？

你跟我一樣是一個手腳不太協調的人嗎？無論是打籃球上籃，還是跳舞，甚至簡單如走一條直線，我都有一種不能好好控制身體的感覺與表現。如果要糾正自己手腳的不協調，我會怎樣做？

我會反覆練習，嘗試控制手腳，並令身體慢慢習慣，記下這些動作。訓練手腳，尚且如此，何況是訓練更不聽話的腦袋呢！

美國作家喬恩．阿考夫（Jon Acuff）在《想簡單，其實很簡單：過度思考的驚人解決方案》（*Soundtracks: The Surprising Solution to Overthinking*）一書寫道，我們每個人都有一份「**內心歌單**」，但它不像電影的配樂一般由音符組成，而是由不同的想法組成的心理配樂。這一份心靈上的內心歌單，以背景襯托著我們生活，無時無刻影響我們的情緒。

試想一下，如果你一生只能聽一張歌單，你會選擇什麼樣的音樂呢？

它可能是你最愛電影的配樂，也可能是一位偶像歌手的精選大碟，而無論如何，你總不會選擇一張充斥著令人緊張、沮喪、恐怖，又或是不安噪音的歌單，偏偏我們卻總是以「自我否定的想法」來組成內心歌單，而這張經典歌單的名字是「**過度思考**」。

過度思考的歌單，叫人生活在不安與擔憂，理應被丟掉，但在更換歌單之前，我們可以先問自己三個問題：第一，歌單的想法是否真實呢？例如，當你擔心剛才的口頭報告沒有達到上司的要求，以至會令你前途盡毀時，停一停問自己，這真的是一個可能發生的情況嗎？

第二個問題是，歌單的思考內容是否對自己正在面對的挑戰，以至人生有所幫助呢？它是在鼓勵我，還是叫我氣餒？歌單叫我沉溺在過往的失敗，還是教我振作起來，再一次挑戰自己呢？

最後一個問題是，歌單的想法是否友善呢？換言之，你會將這一份歌單推介給你的朋友或愛人嗎？歌單的想法聽起來，像是你對所關心的人會說的話嗎？

以上三條問題，只要其中之一的答案是「否」，便可以準備更換歌單了。然而，腦袋不容易左右，而當腦袋不由自主的播放叫人擔憂的內心歌單時，我們可以怎樣更換呢？

直接丟掉？這是不太可行的，除非你是一位冥想大師。這邏輯近似於叫自己不要去想一隻粉紅色的大象，我們越是叫自己不去想，越是會想到。因此，棄掉舊歌單的簡單方法是選用一張新歌單，直接替代。

阿考夫認為，我們可以向「周圍世界借用新的、有用的背景音樂」。如果你有一名偶像或尊敬的對象，不妨借用他的格言作為你的歌單。開始時，你會覺得別人的歌單跟自己格格不入，但日子久了，你便會跟隨新歌單的節奏生活。

阿考夫的另一個建議，是換一張名為「轉換，而不恐慌」（Pivot, don't panic）的歌單。恐慌，是人們面對困境與災難時的集體反應，正因如此，我們更要學會有別於常人的態度，以靈活多變的心態，順著世界隨時變化的大勢來轉換態度、位置、心情。

另外，阿考夫還提供了一個相當「環保」的方法來替換內心歌單，即「**反轉你的舊唱片**」播放。一張叫人懶惰的歌單，總是唸著「你再努力也不會成功」、「晉升的機會不屬於你」的曲目，這必定阻礙了你的進步。與其屈服於這一張舊歌單，阿考夫說，「我們可以顛倒它」。

當我們留意到舊歌單那些消耗自己動力的壞想法，我們便可以逆轉它，將舊唱片反向播放。換言之，新唱片會唸著「你的努力會有回報」、「你可以更上一層樓」的曲目。只要你的新想法合乎常識，你的努力終會有所成就。

當你感到生活不快時，不妨去換一張新的內心歌單。我們不一定每次都能找到對的新歌單來更換，但重點是「堅持尋找」。世界是你的唱片店，你終會找到一張適合自己身份、節奏和品味的內心歌單。

過度思考，是大熱的內心歌單；另一張多人訂閱的歌單是：**後悔與遺憾**。

一項針對美國四千四百多名民眾的調查發現，只有百分之一的受訪者表示他們從不後悔。同時，高達百分之八十二的人表示，「感到後悔」是他們生活的一部份，而百分之四十三的人表示他們「經常或總是會」陷入遺憾的思考之中。

《後悔的力量：全面剖析「悔恨」背後的行為科學，將「遺憾」化為高效行動力》（*The Power of Regret: How Looking Backward Moves Us Forward*）的作者丹尼爾・品克（Daniel Pink）引用以上調查，指出一個簡單不過的事實：人生充滿遺憾。但，遺憾一定是壞事嗎？社會充斥的「不要後悔」（No Regret）文化真的完全有益於人生嗎？品克認為，我們不應該污名化悔恨，而應該接受它、擁抱它。

話說，在一八八八年四月的一個早晨，阿爾弗雷德．諾貝爾（Alfred Nobel）醒來，打開報紙，讀到自己的訃聞，得知自己「已死」。這是怎麼一回事？原來，阿爾弗雷德的哥哥路德維希．諾貝爾（Ludwig Nobel）才是真正去世了的人，但當地媒體混淆了兩位兄弟，刊登了**錯誤的訃聞**。

因為這個錯誤，阿爾弗雷德．諾貝爾有了一個獨特的人類經驗：在活著的時候，看見世人對死後的自己之評價。當時，訃聞寫著「死亡之商過世了」。

這個充滿批判意味的標題，源自於阿爾弗雷德．諾貝爾不是一般的科學家，而是大殺傷力武器矽藻土炸藥的發明者。訃聞描述阿爾弗雷德．諾貝爾為一個貪婪、不道德的人，指他以人類的生命作代價來積累財富，並歡慶這個「死亡之商」的去世。

若然你是阿爾弗雷德·諾貝爾，你會怎樣想？你會生氣，或感到委屈嗎？阿爾弗雷德·諾貝爾想到，若然在他真的死了而得到世人如此的評價，他會感到極度遺憾。於是，他決心要有不一樣的生命。

八年之後，阿爾弗雷德·諾貝爾真的離開人世，卻迎來後世對他的讚美與掌聲。根據他的遺囑，他將財富的百分之九十四成立了一系列有利於文明發展的獎項，頒發給在物理學、化學、生理學或醫學、文學及和平領域裡為人類帶來「最大益處」的人，即無人不曉的諾貝爾獎。

不想後悔的力量，成就了諾貝爾獎，但「不想後悔」與「不可後悔」是兩回事。

在投資管理學，哈利·馬科維茨（Harry Markowitz）提出了「分散資產」原則，即「不要把所有雞蛋都放在同一個籃子」，而在《後悔的力量：全面剖析「悔恨」背後的行為科學，將「遺憾」化為高效行動力》一書，品克則提問：當不同的情緒都可以改變生活質素與軌跡，為什麼我們只投資於單一的所謂正面情緒呢？

「不要後悔」文化在全球流行，單單以美國國會圖書館的藏書為例，便有超過五十多本的藏書以此為書名。然而，當後悔與遺憾無可避免，我們何不學會轉化它，而非抗拒它呢？

品克認為，我們應該在「**情緒投資組合**」中擁有多樣的情緒，既有正向情緒，又有負面情緒。理由是負面情緒也有積極作用，例如「恐懼」能保護我們免受危險；「厭惡」避免我們觸碰有害物質；而「遺憾」則幫助我們學習、成長和實現潛能。

將「遺憾」轉化成正向催化劑有一定的方法。首先，我們要「撤銷」（Undo）遺憾。什麼意思呢？我們不能否定遺憾的事實，但我們可以撤銷遺憾的感覺。例如，我們因為對親人說了一句惡毒的話而後悔，我們不可能收回這句話，但可以透過誠心道歉來撤銷後悔的感覺。

當然，在許多情況下，撤銷是不可能的，例如童年時，我錯過了好好學習法文的機會。時光不能倒流，那如何撤銷呢？我可以當下去學法文，哪怕達不到從小學習的效果，但可以撤銷了後悔的感覺（也的確學了一點法文）。

當有些憾事真的撤銷不了，那就以第二個關鍵字來應付——「至少」（At Least）。例如，我升不了職，但至少沒有進一步增加工作量與壓力；我與他分手了，但至少曾經有過快樂的日子；我病了，但至少多了休息的藉口。「至少」的心理，讓我們在壞情況之中，有意識的尋找得著。

最後，就是第三步：分析（Analyze）。在錯誤與遺憾之中，主動問自己：我可以學到什麼呢？在未來，我可以做些什麼不同的事情，避免類似的後悔？因為這一次遺憾，我有沒有成長呢？

你可能會說：「這太難了。撤銷、至少、分析，聽起來像有點道理，但實際操作起來，卻有無限的負面情緒干擾理性。」如果你有這樣的想法，證明你真的在學習，也是正在訓練自己，訓練自己的**強韌心態**。

我們必須承認一個事實：完全沒有壓力的日子是不可能實現的。

哪怕我們幸運的一生順境，但生活中的小事情，例如塞車、吃意粉弄髒了白襯衫、忘了繳交賬單等等，往往比大事件更讓我們沮喪。正如拳王阿里（Muhammad Ali）曾說，有時候讓你感到疲憊不堪的就是**鞋裡的小石子**。

《強韌心態：康乃爾醫學院權威醫師最強人生充電術！讓你增強心理韌性、掌握幸福策略性！》（*Everyday Vitality: Turning Stress into Strength*）的作者薩曼莎・博德曼（Samantha Boardman）提醒我們，與其幻想自己總有一天（如退休後）可以生活在一個「零壓力」

的世界，那倒不如從當下開始學會與困難共存，並培養內心的韌力，讓壓力和辛勤工作轉化成生命的力量。

博德曼是美國威爾康乃爾醫學院醫學博士，也是該院的精神科臨床講師兼主治醫師，她旁徵博引，引用了不少實驗、案例與理論，指導我們如何訓練強韌心態。

我們都明白，同一樣的困難，落入不同人的生活，可以產生不同程度的壓力，而這也視乎大家內心的強韌度。換言之，面對同一樣的困難，有些人很容易被擊沉（像我這些缺乏意志力的人），甚至影響到生活的其他部份，而有些人卻能在心理上將困難封鎖起來，繼續在其他生活範疇好好運作。

博德曼引用賓夕法尼亞州立大學健康與人類發展學院教授大衛·阿爾梅達（David Almeida）的說法，人的心理傾向有兩類，就像魔術貼的反（Velcro）與正（Teflon）。

反向人傾向在困難之中陷入消極情緒，疏遠他人。當反向人遇到挫折時，他們好可能會取消原有的約會、課堂、娛樂節目，更可能沉迷於暴飲暴食或瘋狂追劇之類的活動，卻又對管理情緒，無補於事。

相反，**正向人**充滿活力，善於計劃，可以隨機應變，讓自己盡可能參與更多更好的活動，豐富生活經驗；而在面對失敗時，正向人傾向於尋找他人的幫助與支持。

博德曼引用這理論，旨在指出：內心強韌，不等於要孤軍作戰。內心越是堅強、越是正面的人，他們越是懂得尋求他人的支援與並肩。訓練強韌心態的第一個行動，就是走出自己的心理牢房，與人分享你的想法、不安、恐懼。

在此，博德曼提到了一個故事：在一九五〇年代，通用磨坊（General Mills）推出了一款蛋糕混合粉。為了減輕家庭主婦的負擔，這款混合粉的使用方法簡單非常：打開包裝、倒出粉末、加水、攪拌，然後放進焗爐。時間到了，蛋糕便成了。

如此簡單操作的蛋糕混合粉，必定吸引到一眾忙碌的家庭主婦之追捧？情況剛好相反，這款蛋糕混合粉得不到市場的愛戴，而其失敗的原因，在於它的簡便令家庭主婦感到：「這太容易了！這樣做蛋糕，感覺像是作弊。」

如是者，通用磨坊修正了配方，新款的蛋糕混合粉不再這麼方便，而是要求用家在粉末裡「**加一顆雞蛋**」，才能焗成蛋糕。這樣一來，新款蛋糕混合粉大獲成功。

博德曼引用這故事，指出人們需要「適當的阻力」去鼓勵自己行動。同理，人們需要「適當的困難」去維持有活力的生命。

美國里士滿大學的一項研究，引證了以上的說法。研究人員安排了兩組老鼠，第一組老鼠需要自行找出放在床上的麥片，而第二組老鼠則直接從研究人員手中得到麥片。

幾周後，研究人員把麥片放在一個透明的塑料球裡。兩組老鼠都試圖打開塑料球去獲得麥片，但實驗發現：習慣直接獲得麥片的第二組老鼠，牠們嘗試的次數比第一組老鼠少百分之三十，而嘗試的時間更少了百分之六十。

博德曼認為，這實驗給予我們的啟示是人們往往想像自己要成為第二組老鼠，即無憂無慮且不需要任何付出的生活，卻沒有想到這樣的後果，是會使我們失去了解難的韌力。

於是，我們明白到：每當感到沮喪，我們都可以覺察這是訓練強韌心態的機會，這可以讓我們成為更願意嘗試、更有耐性解難的「**第一組老鼠**」，而最終，我們會獲得應得的麥片。

又說，第一組老鼠的成功，還有一個條件：牠們是一組老鼠，而非一隻。

我們不用當獨行俠的老鼠，也不要強迫自己成為個人主義的英雄。

這讓我想起《踏實感的練習：走出過度努力的耗損，打造持久的成功》（*The Practice of Groundedness: A Transformative Path to Success That Feeds - Not Crushes - Your Soul*）的作者布萊德・史托伯格（Brad Stulberg）的一個故事。

有天，史托伯格正在開一趟長途車。跟平常一樣，他一邊開車，一邊想著自己要處理的各樣事項。突然，一個毫無預兆的念頭從天而降，像石子擊中頭殼一樣震撼了他。

「你應該駕離道路，現在就結束生命。你的家人沒有你，也會好好的。」

這個念頭沒有說服史托伯格，但同時，他也揮之不去這個念頭。聽到這樣的情況，我們可能會以為史托伯格經歷了相當不如意的人生。相反，以世俗的眼光看來，三十多歲的他卻是一帆風順。他是著名的人才培訓專家、暢銷書作者，每天指導精英運動員、企業家和高階主管的生活與事業，卻突然指導不了自己的思緒，更想放棄一切。

為什麼呢？

在風光背後，史托伯格也有他的困難、不安、恐懼，就如我和你和一般人一樣。在沒有多少先兆之下，史托伯格被診斷患上了嚴重的強迫症。在與強迫症糾纏的第一年，史托伯格的生活大受影響，無中生有的絕望、焦慮、自我傷害的衝動不斷襲擊他。他描述，這些感覺就像外星人襲地球一樣，不知從哪裡來，卻總是侵入到脆弱的內核。

幸好，史托伯格始終是一名有覺悟的反思者。絕望的經驗撼動了他，卻沒有完全擊倒他，反而讓他有了重新思考生活方式的機會。他將反思寫成《踏實感的練習：走出過度努力的耗損，打造持久的成功》一書，而其中一個重要信息是：不要崇拜**英雄式個人主義**。

英雄式個人主義，顧名思義，就是英雄主義與個人主義的結合。在這咒語下，人們會將周遭的任務、工作、人情都跟自己連結起來，並負上了事情成敗的責任。從此，人們被迫以過快節奏和過大壓力去處理過多的任務。

我們畢竟不是動漫裡的超級英雄，當責任太多而能力有限，英雄式個人主義所導致的結果只有疲憊和失望。前者擊敗身體，後者摧毀心理。我們不是英雄，不是神，是人，於是才可以擁有作為人的**踏實感**。

什麼是踏實感？它意味著你感到的內在力量，也是自信的來源。腳踏實地的感覺貴乎內在，不依賴外在的成就或讚美，而是從心而發。因此，踏實感才不會隨著成功與失敗的起伏而波動，讓我們在動盪中保持冷靜和穩定。

踏實感不只是一種感覺，更是我們的根基。根基的構成是多樣的，元素包括我們關心的人、事情、生活、專業領域。在這堅定的根基之上，我們自自然然會建立起個人的價值觀，並將時間和精力專注在最重要的事情。

所謂「最重要的事情」，這完全視乎個人的價值觀而定，它可能是家庭、健康、信仰，或其他任何事物。

養成踏實感的過程有若干原則，其中之一是：**接受現實**。在佛教，有一個關於負面思想的比喻：如果你正在經歷負面思想或情緒，這就像被一支利箭射中一般，但如果你用另一個負面思想或情緒來回應「已經有了的傷痛」，那就是你向自己射出第二支箭，傷上加傷。史托伯格認為，只有在當下接受了現實，人們才能踏實的為未來努力。

史托伯格又提到，人類的身體不是為了整天坐著而存在的。根據現代科學的觀點，身與心是同一枚硬幣的兩面，乃是一個整合的系統。例如，你的腸道細菌可以影響你的情緒，而你的心理狀態則可以改變你的心率。不少研究亦指出，運動在預防與治療抑鬱症和焦慮症之中有顯著的效果。

總之，心理健康與身體健康，互為因果，相互影響，而我們要去做的，就是滿足這一個為運動而生的身體。當你想有踏實的感覺時，請真的**穿上運動鞋**，到街上腳踏實地的跑起來吧！

說到腳踏實地的走起來，想起了兩個偉大的人物，他們都在家鄉附近走來走去，走了一輩子，最終走出了兩大宗教。他們是**釋迦牟尼和耶穌**。

釋迦牟尼和耶穌，兩位歷史上具有深遠影響力的宗教領袖，在生命中從未相遇，但他們的教導與道理，同時在影響現世至今。一行禪師說，歷史上的釋迦牟尼和耶穌早已過世，但他們的信仰成為「活的佛陀，活的基督」。

在《活的佛陀，活的基督》一書，一行禪師大膽指出，雖然釋迦牟尼和耶穌不曾相交，並各自在自己的成長和文化中孕育信仰，但他們的道理、慈悲和追求美德生活的方法等等，卻相似得驚人。

一行禪師寫道，不同信仰之間的猜疑和敵意，在於彼此的不熟悉，或者是社會衝突所引起。例如，在法國殖民越南期間，天主教傳教士試圖強行壓制佛教，這種壓力不必要地將兩個信仰分開。一行禪師提醒，我們應該回到信仰的本源，歸納不同信仰的共通點，從而找到有益於人生的大道理。

以花園作比喻，一行禪師說道，在這個佛教大花園內，那些在釋迦牟尼去世一個世紀後所分裂成的兩個學派，以至其後的二十多個宗派就像不同的花壇，共同構成了花園。然而，在佛教之外，還存在許多其他信仰的花園，每個信仰都有自己蓬勃發展的花壇，總的形成了一個美好的景觀。

重點是：成就這一切美好的，是花！

多姿多彩的花園，共同有著什麼樣的花呢？一行禪師認為，佛教和基督教都強調冥想和培養內心寧靜。基督教的〈詩篇〉教導信徒要**靜默**，從而聆聽和感受上帝的愛，也指出需要以平靜和專注的心靈來關注周圍的世界。同樣地，佛教鼓勵人進行**止息**（Vipassana）的修行，即培養專注的力量，安定身心，保持對世界的平靜、放鬆，卻又審慎的態度，並以此連結愛、靈性，以及同行者。

當我們與價值觀一致的人同行，更容易遵循與執行所信仰的道理和原則。於是，佛教和基督教都發展出豐富的聚會文化，虔誠的信徒與宗教人員在緊密的社群中生活在一起。

在《聖經》中，耶穌強調集體敬拜的價值，宣告：「無論在哪裡，有兩三個人奉我的名聚會，那裡就有我在他們中間。」在佛教，有所謂「僧伽」（Sangha）的概念，即四個或以上的人聚在一起，一起實踐佛道，共享空間、物資、見解。

然而，這不代表你必須要脫離世俗，走入深山，與其他信徒同住。你需要做的是在自己社群裡找到在精神與靈性上支持你的人、支持你與他們一起行善的人，並形成一個同行的整體。

此外，兩個宗教均用了身體的比喻來描述同行者是一個整體。在基督教，教友被描述為基督身體的一部份；而在佛教，僧伽的成員也被稱為佛陀的手或腿。而當我們這個「**同行的整體**」遇上敵人，我們又應該怎樣做呢？佛陀和基督說道：和平。

歷史上，釋迦牟尼和耶穌都是和平的倡導者。當野心勃勃的阿闍世王試圖煽動一場戰爭時，釋迦牟尼斥責他，而在〈馬太福音〉，耶穌甚至說道：「『有人打你的右臉，連左臉也轉過來由他打』，『要愛你們的仇敵。為那逼迫你們的禱告。』」

當人們以為這是一種盲目的、退讓的和平，實際上，這裡的重點是：理解。跟其他的苦難一樣，仇恨來自於不理解：敵人不理解我們，我們也不體諒敵人。

解決仇恨的方法，只可能是停止暴力的意識，嘗試了解對方何以成為了敵人，並從中找到諒解與和解的可能。無論是佛陀，還是基督，都會同意這說法，一行禪師如是說。

體諒敵人是難的，但有時，體諒自己更難，哪怕只是要體諒自己的低行動力。

想像有一棵桃樹，一到夏天，它都會結出豐碩的桃子。然後，你想一想：這桃樹會否懷疑自己沒有盡力結出更多的桃子呢？它又會不會苦惱自己的桃子是甜或酸呢？它不會。桃樹，只是與宇宙的節奏同步，允許創造的力量於體內流動，並產出成果。

在《創造力的修行：打開一切可能》（*The Creative Act: A Way of Being*）一書，作者里克·魯賓（Rick Rubin）以桃樹作比喻，告訴我們：我們跟桃樹一樣，天生擁有創造力，只要身處的環境得宜，成果自然而成，而唯一分別是桃樹不會懷疑自己，但我們會！

魯賓是一位屢獲殊榮的製作人，多年來與無數音樂人與創作者合作，親身目睹與體驗作為創作人的修行方法，也留意到大眾對於創造力的誤解。舉例，大家都以為只有我們坐下來、拿起筆時，創意才會發生，卻不知道它是發生於你從耳朵取下耳機的一刻。

當我們取下耳機，才真正注意到周圍的世界與事物、風吹在臉頰上的感覺、車廂裡陌生人低聲談論的趣聞、鄰居在掉垃圾時的奇特服裝、森林的荒涼之美，等等等等，這一切都有待你主動打開感觀、細心留意，才「真正」存在，並成為創意之養分，以及線索。

線索，就是那些能夠突然激發你解決問題的東西。魯賓提議，當你被某一個問題纏繞時，不妨向宇宙尋求線索：隨意翻開書的一頁、挑選一部電影看一看，或者花十五分鐘到你平常不會進入的店裡逛逛。這不是科學，卻是詩意，讓生活的細節給你靈感，而重點是：相信你的創造力會抓住合適的靈感。

當然，**創造力的敏感**也是需要訓練的。魯賓寫道，藝術家需要嚴格監控腦袋的感知與輸入，不能允許劣質的東西填滿腦內空間。與其每天瀏覽八卦新聞，不如讀幾頁偉大的文學作品；與其播放你熟悉的歌曲，不如聽一聽未曾聽過卻鼎鼎大名的音樂（以我為例，每一個星期，我都會要求自己用駕駛的時間去認識一位經典爵士樂手的音樂）。

但，魯賓也提到，你不一定要受到偉大作者的啟發，也許廉價的言情小說才是你的喜好；同樣，你不一定要享受森林的寧謐，也許充滿活力的足球場才可以給你靈感。任何的選擇都是可以的，只要你明白「輸入什麼，便會輸出什麼」，而又相信自己的選擇。

那麼，當我們懷疑自己的選擇時，又該怎麼辦呢？魯賓說到，藝術家不一定在安樂之中創作，他們反而習慣於懷疑、不安，甚至逆境。魯賓談到一位著名的表演者，即使經過五十年的表演，仍然有強烈的舞台恐懼。每一次，他都一邊胃痛，一邊走上舞台，並以對藝術的渴望克服內心恐懼。

其實，對於舞台的恐懼，有時是「害怕作品不夠完美」的一種延伸。但事實是：完美，是無趣的。

魯賓以比薩斜塔為例，說這建築奇蹟正正是當時建築師的錯誤所造成。當時，沒有人想設計一座傾斜的塔樓，但有人弄錯了計劃，終於成就了今時今日的名勝。所以，我們不必對自己的作品過早下定論。

錯誤，可以帶來驚喜，而對錯誤的修正，更可以產生美。這讓人想到日本陶藝的金繼。這是一種通過在裂縫中填入金線來修復破損物品的方法。這種修復沒有要隱藏損壞，反而是突顯損壞的地方，**將瑕疵成為亮點**。

藝術家不一定要完美，我們也會有缺失、錯誤和笨拙的時候，但這一份不安全感並不是否定我們的創造力。相反，這意味我們的敏感，以及人性。藝術家不一定要分享和諧與自在，也可以分享恐懼、尷尬、破碎。我們就是那一棵桃樹，經歷了什麼的雨水與養分，便產出如何的果實，有時甜，有時酸，皆可。

最後，魯賓還有一個提醒：創作是一種投降。我們投降於一股比我們強大的力量，而只要我們花時間傾聽，就會發現這力量一直在腦內與耳邊之間低聲說：創作、創作、創作……

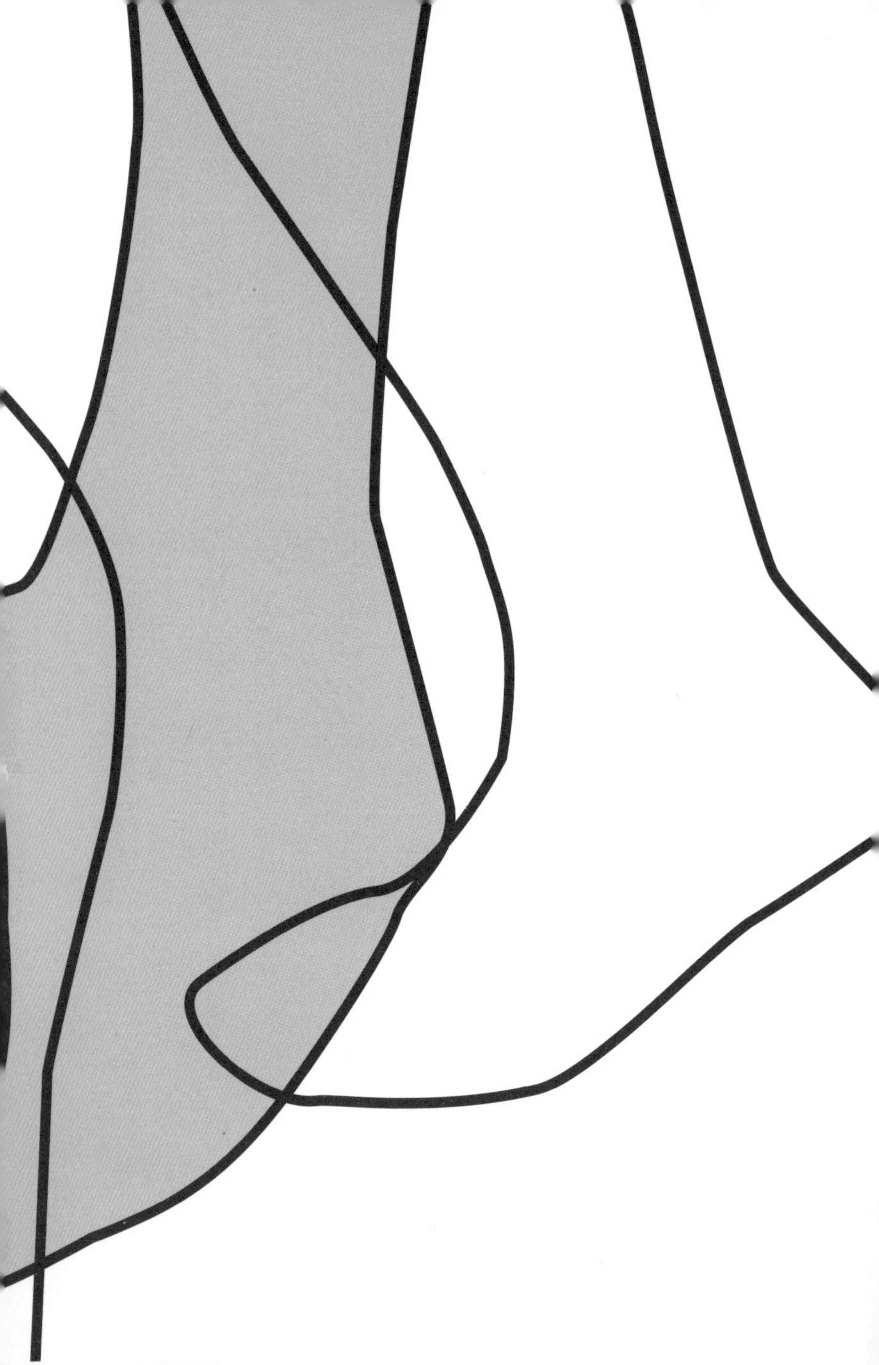

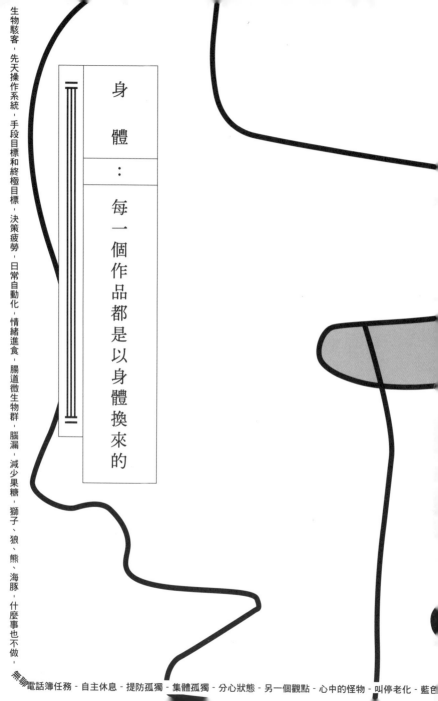

身體：每一個作品都是以身體換來的

生物駭客 - 先天操作系統 - 手段目標和終極目標 - 決策疲勞 - 日常自動化 - 情緒進食 - 腸道微生物群 - 腦漏 - 減少果糖 - 獅子、狼、熊、海豚 - 什麼事也不做 - 無聊電話簿任務 - 自主休息 - 提防孤獨 - 集體孤獨 - 分心狀態 - 另一個觀點 - 心中的怪物 - 叫停老化 - 藍色日本當代藝術家村上隆（Takashi Murakami）的作品，不一定得到你的認同或欣賞，但他提出的「藝術家守則」卻值得我們參考。村上隆指導年輕創作人的守則有七條，而其中有兩條都是與「身體」有關的：「以一天一幅的『完成作品』來提升自己的肌肉力量！」，以及「所謂的專業藝術家，就是管理好體能，隨時都可以理所當然地創造出最棒的作品」。

大家都誤以為文藝與創作只是心靈與思考的活動，但事實上，藝術家與作者反覆提醒我們身體與運動之重要。傑克．凱魯亞克（Jack Kerouac）說自己每天早上都以頭頂倒立，然後彎身以腳趾點地九次才開始思考寫作（他沒有解釋這是否為了酒醒）；菲利普．羅斯（Philip Roth）說，自己的每一頁紙，都是走半里路換回來的；丹．布朗（Dan Brown）則說到，他寫作時，每小時小歇一會，做伸展運動、仰臥起坐、伏地挺身；而有關村上春樹的健康生活習慣，我更不用多說了。

說到創作人要注意身體健康與韌力，那麼，我們便來進一步認識、管理、改善身體吧！

你有沒有留意到：為什麼這麼多生活學與自我改善的書籍都以生物學或科學為基準呢？

這是因為在改善自己之前，我們先要明白「自己」是什麼，而在科學的領域，這一個「自己」是一個系統，一個關於身體與心靈的系統。

在生物學的理解中，我與你與其他人的系統，理論上是一致的。因此，我們不同的「自己」又可以一同的互相參照，並以可以溝通的語言，整理出更好的操作與改善方法。當我們明白了這個系統，便有機會按照自我的意願去改變這個系統的運作，也有了所謂「**生物駭客**」（Biohacking）的概念。

《防彈成功法則：46個觀念改寫世界規則，由內而外升級身心狀態，讓你更迅捷、更聰明、更快樂》（*Game Changers: What Leaders, Innovators, and Mavericks Do to Win at Life*）的作者戴夫・亞斯普雷（Dave Asprey）指出，「生物駭客」的意思是通過以生物學去理解人體（包括身體與心理），從而以生物學的邏輯去協調身體與心靈，且將之與人生的目標契合。

亞斯普雷以生物學和心理學作為理論基礎構建了「生物駭客」的概念，並訪問了四百五十位在商業、體育、科學和藝術等領域有卓越成就的人士作為論證，寫成了《防彈成功法則：46個觀念改寫世界規則，由內而外升級身心狀態，讓你更迅捷、更聰明、更快樂》一書。那麼，我們應該從何入手，成為自己的生物駭客呢？明白，是改善的第一步。

首先，我們要明白人類的**先天操作系統**已經過時了。這系統建立在史前祖先的日常需求，當時的世界充滿了令人無法存活的危機，於是令人類構成了聚焦於物種生存的三個基本因素。亞斯普雷稱之謂三個「F」，分別是恐懼（Fear）、食物（Food）、交配（Fornication）。

因為這三個「F」，人們有了先天的、反射神經式的慾望。為了處理因傷害和威脅而來的恐懼，我們戰鬥或逃跑（Fight or Flight）；為了避免餓死，我們進食；為了避免滅絕，我們繁殖。

進食、繁殖、戰鬥或逃跑是史前祖先的首要行為。在現代世界，這些本能進化成對權力、金錢、外貌、形象的追逐，因為這些東西均是確保我們得到安全、食物和性伴侶的現代因素。這些現代人追逐的東西，本質沒有對錯，問題在於當我們控制不了自己的慾望，屈服於對這些東西的追求，便十分容易忘記了人生的價值目標。

亞斯普雷認為，史前祖先留下的基本行為模式，過分聚焦物種存活的需要，早已不合時宜，而「生物駭客」的第一步是區分**「手段目標」和「終極目標」**。

手段目標，是為了實現終極目標而努力的事物；而終極目標，則是一種自足的目標。舉例，與人建立親密的聯繫，是不少人生命的終極目標，而其手段目標，可以是與某人結婚。

然而，不少人卻將手段目標（如結婚）誤以為終極目標，埋頭於處理結婚一事，卻忘了建立與維持美好的伴侶關係，到頭來，辦了一場完美的婚禮，卻消耗了與伴侶的美好關係。

亞斯普雷提醒我們，終極目標有三個原則：人生體驗、實現成長、貢獻世界。我們需要知道自己人生的終極目標，檢驗它是否合乎以上其中一個原則，並記得以此作為規劃每天活動的方向。否則，我們的生物性會「自自然然」導引我們花時間和精力去滿足手段目標（如賺錢、調情），卻忘了終極目標的實踐。

當人們陷入滿足手段目標的漩渦，便會容易有「**決策疲勞**」的問題。決策是一項艱鉅的身體任務，因為我們必須花費腦力去權衡選擇。選擇，耗用了體力與意志力，而意志力，就像一組肌肉，每次使用它，它都會有些疲憊。

因此，亞斯普雷鼓勵我們減少每天決策的數量，盡量自動化日常的選項，尤其那些與你終極目標沒有直接關聯的任務。關於**日常自動化**，大家都知道的例子，便是喬布斯的黑色高領衫配上同一牌子運動鞋之穿衣法，以及王安石只吃眼前菜的典故。

但，我們是可以比王安石多一點講究，多一點享受生活。例如，我們可以創建一個核心餐單，由五到六道健康餐飲所組成，並讓自己可以輪流食用。五、六款太少的話，你大可以增加到十多款，重點是自動化地讓自己邁進身體健康的終極目標。

在四百五十個與成功人士的訪問中，亞斯普雷發現，有超過百分之七十五的受訪者表示，飲食是提高他們表現水平的「最關鍵的因素」。

說到飲食，不外乎兩個問題：吃什麼，以及如何吃。亞斯普雷認為，人體的先天慾望影響了我們對待飲食的直觀需求，而這不加思索的需求與現代人的生活需要是不一致的。簡言之，我們吃太多。

所謂的飢餓感，很多時候是來自心理，甚至是「**情緒進食**」。當感到悲傷、受壓、憤怒，又或快樂時，我們條件反射的去尋找食物，那便是情緒進食。情緒進食所填充的，不是肚子的空洞，而是心靈的空虛。

為了避免不必要的情緒進食，亞斯普雷指導我們確立自己的「飢餓感測器」，即提高意識去理解飢餓感，並培養辨識錯誤訊號的能力。下次，當你覺得餓的時候，不妨啟動飢餓感測器，即問自己：我真的是餓了嗎？還是，我只是感到無聊、壓力、寂寞或其他一些我將其誤解為飢餓的情緒？當我感到餓的時候，是否總是剛巧在有人讓我不高興之後？

透過如此的自省，我們可以慢慢追蹤到自己的情緒進食模式。以我為例，每當完成了深宵的電台直播節目，我回家後便會想吃即食麵、飲威士忌。這就是我的情緒進食，目的是為了以進食來獎勵自己。

情緒進食的普遍跡象，還包括突如其來的飢餓感、對特定食物的渴望，或者在吃完飯後仍然持續感到想要進食的渴望。不過，如果你也有這些情況，在確認這是否情緒進食之同時，也要留意是否你的飲食餐單出了問題。舉例，過多的反式脂肪，或過少的蛋白質，都有可能出現以上狀況。

說到底，我們應該吃什麼，又如何吃呢？亞斯普雷總括說，請像祖母一般進食！「吃大量的蔬菜、豐富蛋白質，以及每天一湯匙的魚油」，並且是有節制的吃。其實，對一般現代人來說，吃一頓小餐，便足夠應付五小時的飢餓感。

有說，以美食控制一個人的胃口，便能夠抓著他或她的心靈。這裡說的是伴侶關係，而沒有料想到的是，同樣道理竟然可以應用在管理自我的身心健康之上。

美國神經科專科醫生及營養學會會員大衛・博瑪特（David Perlmutter）便寫成了《無麩質飲食，打造健康腦》（*Brain Maker*）一書，指出：健康的腸道是通往快樂人生的路線。

讓我們先弄清楚腸道健康與整個身體之關係。原來，在腸道裡，有不少微小生物群，並且與我們的健康息息相關。博瑪特提到，腸道微生物群有兩個主要的細菌群體，分別是厚壁菌（Firmicutes）和擬桿菌（Bacteroidetes）。厚壁菌與擬桿菌，構成了約百分之九十的腸道微生物群，研究發現，在厚壁菌（相對於擬桿菌）過多的情況下，炎症與肥胖症的風險便會增加。

博瑪特補充，炎症本是一種身體自我保護的自然反應，就如蚊叮後皮膚變紅變癢的現象。然而，當炎症失控或形成了慢性炎症，這便有害身體了。那麼，什麼情況會觸發身體的過度炎症呢？

研究發現某些基因是導致慢性炎症的主因。然而，在這貌似決定論的認知下，我們也要明白到：要激活這些基因，必須具備特定的條件，例如你是否有足夠的睡眠，或適當的飲食等等。

換言之，只要我們維持積極健康的生活方式，便能抑制這些不利基因的活化。其中，血糖是一個關鍵。博瑪特說到，如果細胞無法處理過多的血糖，它會變得有毒，而當糖分子結合到蛋白質或脂肪上，便會形成「糖化終產物」（AGEs），並引發身體內的炎症。重點是：飲食習慣，絕對會影響血糖水平。

從解釋飲食、腸道，以及身體反應出發，博瑪特旨在提醒我們：通過明智的飲食選擇，可以影響**腸道微生物群**的組成，進而踏上預防疾病的旅程。而在這旅程上，腸道健康不單有助整體的身體健康，更會影響到大腦的發揮，以至情緒的起跌。

原來，當我們的腸道忙於吸收食物的營養素，同時也會提防對造成傷害的潛在病原體。所以，腸道擁有一層保護性細胞，以作為它的防禦手段。若然這層細胞層受損，腸道的防禦能力就會減弱，而有害病源便有機會對身體造成嚴重破壞，導致腸道發炎，甚至「腸漏症」（Leaky Gut）。

腸漏症，不是腸子破掉的意思，而是因為不健康或破損的腸壁而令到過敏原、細菌、毒素等有害物有機會「漏進」體內，並隨著血液流竄全身，導致身體不適，卻又找不到原因。

博瑪特引用研究指出，有腸漏症的腸道也可能導致所謂的「**腦漏**」（Leaky Brain）。這聽起來相當可怕的觀念，其意思是來自發炎和有腸漏症腸道的有害病源，有機會攻擊和破壞保護大腦的腦血管障壁（Blood-brain Barrier, BBB）。

更糟糕的是，當大腦受到攻擊而發炎，那是不易察覺的，原因是大腦沒有屬於自己的痛覺器官。我們可以看到和感覺到皮膚的發炎，但「大腦的發炎是一個無聲的受苦者」。

既然我們明白到腸道與大腦健康的關連，那麼，我們該如何照顧好腸道呢？博瑪特指出，首要任務是**減少果糖**（Fructose）。果糖不單存在於水果，也常見於加工食品和有汽飲料，更是西方國家最常消耗的卡路里來源之一。

果糖太多，不單給肝臟造成巨大壓力，而且有害於腸道，以至整個身體的健康。在此，博瑪特特別提醒我們：減少果糖，必然從飲食著手。

怎樣著手？一個中型蘋果有七十卡路里的果糖，而一罐三百五十毫升的汽水則含有大約一百四十卡路里的果糖。方法，顯而易見，只是我們是否有決心執行。

之前提到《防彈成功法則：46個觀念改寫世界規則，由內而外升級身心狀態，讓你更迅捷、更聰明、更快樂》一書的作者亞斯普雷，提出了不少改善飲食習慣的建議，而事實上，他也特別強調睡眠的重要。在睡眠這一環，亞斯普雷的建議是：順應你先天的生理時鐘模式，而不要強行挑戰它！

睡眠的重要，不用多費唇舌。問題是不少所謂的成功人士都標榜自己睡很少，或很早起床，造就了「早起的鳥兒有蟲吃」的說法。亞斯普雷認為，這說法有道理，但也要先弄清楚自己是不是鳥兒。

亞斯普雷指出，人類的不同內部生物循環，創造了不同節奏的四種生理時鐘模式：首先是**獅子**，獅子是「早起的鳥兒」，在太陽升起之前就有活力；其次，有**狼**，狼較晚起床，但一天裡有兩個能量高峰，一個從中午到下午兩點，另一個從日落到晚上；另外，有**熊**，熊的模式是最直接的，日出而作，日入而息；最後，有**海豚**，海豚容易失眠，一天裡最精神的時間是中午至下午。

四種生理時鐘模式，不分優劣，而史前祖先也可以按此分工，有人負責日間打獵，有人負責夜間守衛。亞斯普雷認為，生理時鐘模式是基因決定，抗拒它是沒有意義的。相反，我們越早認知它、接受它，便越容易獲得優質的睡眠。

以亞斯普雷的自身經歷為例，他曾經因為「早起的鳥兒有蟲吃」這句說話而強迫自己每天早上五時起床，也就是迫自己當一隻獅子。但在多次嘗試與失敗之後，他發現：一個迷迷糊糊的腦袋，又怎能找到蟲兒吃呢？一隻睡不夠的夜行動物又何以在一大清早有什麼作為呢？

因此，我們必須先弄清楚自己屬於哪一個生理時鐘模式。怎樣找呢？大家不妨以下一次的假期作為實驗，容許自己不看時鐘，也不用鬧鐘的情況下，憑感覺入睡與起床，當感覺有需要休息時上床，醒來時便下床，從而找出自己的生理時鐘模式。

當然，在你進行實驗之前，請不要捱上了三晚通宵，否則你只可能是那一種睡二十四小時也覺得累的死屍型生理時鐘。

說到睡眠，順理成章說一說休息。俗語說，休息是為了走更遠的路，但我們真的有為了更遠的路，而學習如何休息嗎？

我們活在一個妖魔化休息的世界，不但成年人休息不足，就連小孩也越來越少休息。以英國的學校為例，過去二十年來的休息時間一直減少，以便讓多出的時間用於額外課程。如今，僅有百分之一的英國中學有下午休息時間，而弔詭的是，教育學研究早已證實：休息有助於學生的專注力。

為了正視這個問題，以及認知更多關於休息的學問，克勞蒂亞・哈蒙德（Claudia Hammond）於二〇一六年，進行了一項稱為「休息測試（Rest Test）」的大規模調查，調查內容是一份長達四十分鐘的問卷，而研究得到了來自一百三十五個國家，超過一萬八千人的詳細回答。

哈蒙德整理了這次調查的內容，歸納了十項最令受訪者放鬆的休息活動，並寫成了《休息的藝術：睡好睡滿還是累？比睡眠更能帶來活力與幸福的10道休息建言》（*The Art of Rest: How to Find Respite in the Modern Age*）一書。這十項休息活動，有些相對尋常，又有一些值得細味，例如排行第五的是：**什麼事也不做**。

哈蒙德好奇，明明「休息」一詞，本身就應該是「什麼事也不做」的意思，為什麼這「本質性的休息活動」只可以排名第五呢？原來，人們往往將「什麼事也不做」等同「無所事事」而非「休息」，而當真的要嘗試什麼也不做時，他們倒是發現自己難以做到，然後問：我應該「做什麼」才可以「什麼也不做」呢？

為什麼大家做不到什麼事也不做？因為怕無聊！

天天向上的勤奮文化，長期貶低了無聊的價值。在此，哈蒙德提及了一項研究：兩組受試者，第一組在測試前，花了一些時間手抄電話簿裡的號碼，即「無聊」了一陣子，而第二組則直接開始一項測試。這測試的內容是要兩組人列出塑膠杯的用途，而列出的答案越多越好。那麼，哪一組人的答案更多？正是進行了**無聊電話簿任務**的那一組。

無聊，除了提升創造力，還可以增強記憶力。一項於二〇〇四年對患有中風後失憶症的人進行的測試就顯示，無所事事組別的成功率，比一般組別高出百分之三十五。

除了「什麼事也不做」之外，哈蒙德發現，其餘九個休息活動有超過一半也是獨處狀態的，而「獨處」本身就是排名第三的休息方式，而對於三十歲以下的女性來說，獨處更成為了她們最受歡迎休息活動的首位。

同時，另一個有趣的發現是，被普遍認為可以增加幸福感的「與朋友和家人共度時光」的選項，竟然沒有被選入十大。哈蒙德好奇：為什麼大家這麼想獨處呢？放鬆獨處和孤獨無助，又有什麼分別呢？

放鬆而有益的獨處，是自主而短暫的。相反，無助而有害的孤獨，卻是被動而長期的。心理學研究指出，監獄中的單獨囚禁會令犯人的認知能力下降，而如果時間太長，甚至會使人忘記自己是誰。除了物理空間上的孤獨，社會關係上的無助，也會造成類似的狀態，例如長時間的失業、失學。

因此，獨處與孤獨是不同的概念。獨處之可以發揮休息的功效，正正在於你是否擁有親密的朋友和親人。愛荷華州立大學的一項研究發現，如果你擁有的朋友比你想要的少，那你在獨處時可能會感到孤獨；而如果你有親密的朋友圈，你獨處的時候（即朋友不在時）也會是放鬆而自在的。

換言之，善於獨處的人，往往擁有良好的人際關係，也正正是擁有優質的人際連結，人們才可以自主而有信心的去實踐獨處的時間，並不怕因此而得罪了親朋好友。

有調查指出，我們在一天清醒的時間之中，約有百分之二十九的時間是獨處的，例如工作時間、上下班的途中、午飯等位等等，但這些都不屬於有益的休息時間，原因很簡單，因為這些時間的出現，都不是自主的。

所以，休息是否有效的關鍵，在於你是否**自主休息**的時間與方法。或許，這也解釋了為什麼很多人不認為「與朋友和家人共度時光」是休息。畢竟，不是每個人都是聚會的召集人。

我們可以獨處，但也要**提防孤獨**，因為有時候，孤獨可以是一種病。

話說有一天，病人來到一位醫生的診所。病人患有高血壓和糖尿病，希望得到醫生的幫助。就診期間，醫生跟他談論身體症狀，病人無意間說了一句：中獎彩票毀了我的人生。

醫生好奇，便追問下去。原來，病人曾經是一名手藝高超的麵包師傅，他有自己的麵包店和同事團隊，還有一班忠實的顧客。但有一次，他中了彩票，變得富有，便放棄了熱廚房的工作，搬到了有錢人的臨海社區。

表面上，他過著其他人夢寐以求的生活，但實際上，他失去了自己熟悉的社區，更重要的，他失去了社區裡的人。他不懂得與富裕的鄰居相處，變得孤獨，終日以食物安慰自己，體重增加，也終於患上糖尿病。

所以病人說，中了彩票毀了他的人生，但有了錢，至少讓他找到一個好醫生。這名醫生便是維偉克・莫西（Vivek H. Murthy），也是《當我們一起：疏離的時代，愛與連結是弭平傷痕、終結孤獨的最強大復原力量》（*Together: The Healing Power of Human Connection in a Sometimes Lonely World*）一書的作者。

莫西是耶魯大學醫學博士，曾任美國第十九任公共衛生署長。在就任後，他在美國穿州過省去聆聽大眾訴說自己的健康情況。從阿拉巴馬州到北卡羅來納州聽到的市民故事，莫西聽明白了一個信息：孤獨，是病人的普遍現象。

那麼，孤獨是否會進一步導致健康問題，甚至提早死亡嗎？楊百翰大學的心理學家倫斯塔德（Julianne Holt-Lunstad）花了一年多的時間分析了一百四十多個個案，發現：社交圈緊密的人不但比社交聯繫薄弱的人更少出現提早死亡的狀況，而且風險是少百分之五十。

莫西換了一個方法說明這個百分比的顯著，即社交聯繫薄弱對身體的壞影響，相當於每天吸食十五支香煙，這甚至比過肥問題更容易造成提早死亡。

孤獨是病，更可能令人提早死亡。從觀察到研究，莫西指出，可以構成病患與死亡風險的孤獨，不單是個人的問題，更是社會的公共衛生風險。但，我們不是常常說，孤獨是好東西，有利於思考、創作嗎？如果構成了風險，又該如何處理呢？

其實，孤獨感是一種自人類遠古祖先而來的保護機制。莫西引用被稱為「孤獨博士」的認知神經科學家卡奇奧普（John Cacioppo）的說法指出，人類今時今日的孤獨感，並不產生於現代都市文明，而是始於我們祖先的群交生活。從古到今的孤獨感，意味著同一件事：危險。

在二十一世紀，孤獨感未必會造成即時的、致命的危險，但可以想像，當遠古的祖先人類獨自一人走在草原上，被野獸與敵對部落殺害的機會便會大大提高。於是，當人們感到孤獨時，生理上會激增壓力荷爾蒙，也令心理上變得敏感、煩躁，甚至導致失眠。這本是祖先為了提高存活率而生成的機制，到了現代，卻成為了我們的心理與生理問題（持續的壓力荷爾蒙會對心血管系統造成嚴重負擔）。

換言之，孤獨感就如飢餓感，本來是與生俱來的保護訊號，提醒我們要正視指定的問題，前者是人身安全的危機，後者是對食物的需求。但這兩個機制有一個結構性的分別：當我們感到飢餓時，我們會主動尋找食物，但當我們感到孤獨，卻不會去尋找聯繫，甚至會刻意避開它。

孤獨的弔詭機制，是為了令人類在微小的威脅下，時刻保持警惕，而不至於陷入集體依賴而變得弱小的壞循環。然而，到了當代的原子化社會，人是自利而互不相干的存在個體，這一種「越孤獨越不會尋找連結」的進化傾向，造成更加嚴重的**集體孤獨**。

當你發現自己常常拒絕社交的邀請，或在通訊群組中不再回覆信息，這好可能意味著你正在掉入越孤獨越離群的怪圈，而請記得：孤獨感，是人類進化機制的保護訊號，我們不但需要正視它，更需要懂得關掉這個長期閃亮的警告訊號。

莫西引用了一項二〇一八年的研究指出，百分之二十二的美國成年人表示「經常或總是」孤獨。這不是美國獨有的，更是國際普遍的現象，例如四分之一的澳洲成年人表示「感到自己孤獨」，而在日本，超過一百萬名成年人符合官方定義的「社會隱士」（Hikikomori）。

我們或許會追問：其實，什麼是孤獨呢？在哲學的層面，這答案不易以三言兩語解釋，但就社會學而言，孤獨涉及三個方面：親密孤獨，即渴望有深厚聯繫的伴侶；社交孤獨，即需要高質的友誼；集體孤獨，即渴望一個社區或一群志同道合的人。

面對這三種孤獨，現代人傾向以科技來應對，例如用交友軟件尋找親密關係、以社交媒體跟蹤朋友動向，又或在網上論壇與陌生人溝通。然而，現代科技化的世界，並沒有真正解決我們的孤獨問題，卻是導致另一個問題：人們習慣於**分心狀態**。

麻省理工學院的一項研究清楚顯示，人是不可能在溝通上執行「多重任務」

（Multitasking）。換言之，在人際溝通上，多重任務就是分心，即是當你跟朋友對話時偷看手機，你根本沒有認真的了解到朋友在說什麼。這樣貌似有聯繫的友誼，不是優質的關係，也解決不了人的孤獨感。

在溝通時分心，是人變得越來越孤獨的先兆。這讓我想起一位認識了十多年的朋友，他本來是我少有定時約會見面的朋友，但在某次見面時，我開始留意到他會一邊不自覺地打開手機玩遊戲，一邊跟我聊天。他是一個大忙人，我以為他只是想把握時間盡情放鬆，所以我便沒有太在意，但久而久之，我們越來越難聊天，而見面的次數也越來越少了。

不過，我想告訴我這位朋友的是：分心問題，可是有解毒的方法。一項涉及兩組五十名兒童的心理學研究證明，減少使用手機與任何電子產品屏幕，可以提高情商，進而更懂得與人交往。在研究中，一組孩子參加了一個禁止使用科技產品的戶外營地，另一組則繼續在學校使用智慧手機。一星期之後，兩組孩子都接受了在照片和短片中解讀情感狀態的測試。結果顯示，沒有用手機的孩子在識別情感方面表現更好。

孤獨感是人類的保護機制，痛亦然。

當手指被刀鋒割傷，我們感到痛楚，一方面知道了受傷的位置，另一方面知道了「什麼的東西，以什麼的方法」傷害了我們。知道傷口的位置叫我們要小心護理，而知道受傷的成因則教我們提防下一次的受傷。但，如果傷痛來自心靈，我們真的確認到傷口的準確位置與成因嗎？

從業超過二十五年的臨床心理師吉爾迪娜（Catherine Gildiner）在《早安，我心中的怪物：一個心理師與五顆破碎心靈的相互啟蒙，看他們從情感失能到學會感受、走出童年創傷的重生之路》（*Good Morning, Monster: Five Heroic Journeys to Recovery*）一書，談到了五個案例，探討尋找心靈的根源問題之必要。其中之一個案主，名叫彼得。

彼得是一位鋼琴家，而他尋求醫學意見的第一因是生理問題：他有勃起功能障礙。彼得起初是去看泌尿科醫生，但診斷結果是彼得的問題跟生理機能無關，因為他只是跟伴侶行房時才會遇到這問題。

泌尿科醫生轉介了彼得給吉爾迪娜，嘗試探究他的問題是否出於心理。吉爾迪娜跟彼得會面後，發現即使彼得現在是一名成功的鋼琴家，他童年的回憶卻依然傷害著他。原來，彼得的母親是一位移民。在彼得的童年時期，母親努力經營一間家庭式餐廳，而每一次當彼得頑皮時，母親便會將他關在閣樓，害他大部份的童年時間都在那個封閉的角落中成長。

在與吉爾迪娜的輔導過程中，彼得表明沒有怪責母親的行為，畢竟這是他接受了的童年現實，但他疑問：為什麼其他來自類似家庭的孩子，似乎沒有遇到相同待遇呢？

在此，吉爾迪娜鼓勵彼得與母親談論在他童年時期的行為。最終，彼得得到了現實的保護彼得的舉措。

另一個觀點：彼得的母親在年輕時，曾經在打工的地方經常被客人用煙蒂燒她，母親怕頑皮的彼得會惹到麻煩，便把彼得隔離於餐廳的顧客之外。換言之，這是母親保護彼得的舉措。

母親自己的童年陰影，導致她長大後對彼得的行為偏差，又造成了彼得的童年陰影。正正是這些存在於各人心底的童年陰影，造成了不同形式的「破碎心靈」，甚至活在心靈的「怪物」中。吉爾迪娜在書名所寫的「怪物」，指涉她最後的一位病人——瑪德琳。

瑪德琳不單是書中最後一個案主，更是吉爾迪娜從業而來的最後一位病人。當時，吉爾迪娜已經退休，但在瑪德琳父親的請求下，她終於接受了瑪德琳的案子，而其中關鍵的理由是：吉爾迪娜從瑪德琳的父親身上，見到類似自己父親的形象。

先談瑪德琳。瑪德琳是一個頗為成功的古董商，業務遍及全球，但從某一天起，她變得異常焦慮，焦慮得無法坐上飛機，甚至沒法子容許其他同事去坐飛機，此舉直接影響了業務的運作。

吉爾迪娜花了一段時間，才發現瑪德琳的強烈焦慮源自於她的童年。原來，瑪德琳有一個情緒不穩且常常虐待她的母親。母親習慣在眾人面前羞辱瑪德琳、曾經弄死了她心愛的狗、將十一歲的她獨留在家六個星期，甚至與瑪德琳的男友發生性關係。從小到大，每一個早上，母親都會帶著厭惡的嘴臉對瑪德琳說：「早安，怪物。」

怪物，從此住進了瑪德琳的心裡，那她的父親呢？當母親發脾氣時，瑪德琳的父親不會挺身而出，最多只會與女兒一起躲到地下室。久而久之，瑪德琳內化了母親對待她的方式。在她的內心深處，瑪德琳認為自己是一個不值得成功、不值得被愛的怪物。

長大後，她害怕別人發現她的「真實面目」，怕別人知道她是「怪物」。於是，她總是與人保持一段距離，她無法相信自己應該得到一段美好的關係。最後，她想到，她的公司也跟她一樣，不值得成功。她拒絕讓公司的任何人乘坐飛機出差，她幻想飛機終會墜毀。

治療傷痛的時間是漫長的。吉爾迪娜用了超過四年的時間，才令瑪德琳真正明白、重新理解以上的事實，讓她相信「母親沒有愛她，不是瑪德琳的錯」，也終於讓她可以對自己說：再見，我**心中的怪物**。

我相信，我們心底裡都活有一隻或大或小的怪物，牠們就像帶來地震的地底鯉魚，往往不經意間突擊我們。我們不一定能夠確認牠的位置，也未必可以一時半刻跟牠說再見，但至少，我們可以知道：心裡活了一隻怪物，不一定是我們的錯。

既然我們要探索身體與心靈的健康，那就不如推到去最殘酷的命題：壽命。

在二〇〇〇年，全世界五十多位頂尖的長壽研究專家，發表了一份關於人類盲目追求長生不死秘方的聲明，他們寫道：「我們對此事的措辭必須明確至極。沒有一種生活方式的改變、手術、維他命、抗氧化劑、荷爾蒙，或現行的遺傳工程技術，經過科學證實能**叫停老化**。」

叫停老化是不可能的，正如《藍色寶地：解開長壽真相，延續美好人生》（*The Blue Zones: 9 Lessons for Living Longer from the People Who've Lived the Longest*）一書的作者丹・布特尼（Dan Buettner）寫道：「殘酷現實擺在眼前，老化這件事從來只有油門踏板，到目前為止還沒發現煞車。我們能做的首要之務是不要太用力踩油門。」

探索長壽的生活方式，建基於一個概念：對於壽命的長短，最大的因素不是基因，而是你的生活方式。丹・布特尼引用了一份在丹麥進行的研究，研究以二千五百對雙胞胎為對象，並在對比研究下發現「在所有影響壽命的因素中，基因僅佔約百分之二十五」。

「百分之二十五」是一個不低的比例，但樂觀的想法是：至少，我們還有百分之七十五的控制權，以改善生活的方式去提高長壽的機率。

為了尋找長壽的生活方式，為了找出「不太用力踩油門」的方法，丹・布特尼花了七年時間，走訪世界上四個最長壽的居住地，與數十位人瑞訪談。這四個地方包括意大利薩丁尼亞半島、日本沖繩島、美國加州的洛馬林達區，以及哥斯大黎加的尼科亞半島，作者稱之謂「**藍色寶地**」。

然而，當我們以為「藍色寶地」有什麼健康秘方之際，作者告訴我們的，卻是一些每個人都知道的常識。原來，長壽真的沒有什麼秘密，真相只是你是否願意持續的去實踐這些健康的常識。例如，**多喝水**！

洛杉磯市郊的「基督復臨安息日會」（Seventh Day Adventists）聚居地洛馬林達區是美國唯一的藍色寶地，這個案便展示了多喝水的重要。當地人強調飲用「水」而不是其他飲料，而且每天喝五到六杯水。結果是這個城鎮的心臟疾病發病率較低，預期壽命亦較長。又說，你今天喝了幾杯水呢？

除了多飲水，另一個作者找到的長壽真相是「給自己一個『每天早上起床的理由』」。書中引用統計顯示：在美國，人們在退休第一年去世的比率，明顯比起在工作的最後一年為高。丹·布特尼的詮釋是：這表明沒有目標地生活對健康有害。

長壽，不僅僅與你身體吸入了什麼有關，還與你如何鍛煉你的意志有關。換言之，我們的生命需要一種推動力、一個目標、一個必須激勵我們每天早上起床的東西！

在哥斯大黎加的尼科亞半島，勞動是一輩子的事。無論他們是六十歲、七十歲，還是任何年齡，他們都會持續地勞動、生活、照顧家人。他們保持忙碌，也就沒有時間與他人發生衝突。保持忙碌，不是尼科亞半島人的生存目的，而是手段，他們真正的推動力是想擁有幸福健康的家庭。

「九十歲以上、活動力最強的老人家有一些共同的特性。其中之一，是他們有服務他人或照顧家人的強烈意願，一旦他們失去這個意願，就失去活下去的動機；如果覺得自己不再被需要，很快就會闔上雙眼。」丹．布特尼如此寫道。這份使命感，尼科亞半島人稱之謂「Plan de Vida」，意思是「生命的計劃」。

除了維護家庭，對一個族群、地區、文化的歸屬感，也可以是長壽的動力。在沖繩，朋友之間的互相扶持更被體系化，成為了所謂「莫艾」（Moai）的網絡。

丹．布特尼說，「莫艾」這概念在沖繩存在了數百年，起初是描述一個村莊如何以定期聚會、習俗儀式、集體財力來改善彼此生活，後來發展成一個社會支援的結構與意識。他在沖繩訪問的其中一名人瑞說：「我生命的意義就在於我長壽本身，讓家族和這個村子感到光榮，所以即使現在常常覺得疲累，還是覺得自己必須活下去。」

系統一與系統二 - 危機第六感 - 思想懶惰 - 促發效應 - 天真系統三

成長：你不是一個冒牌者

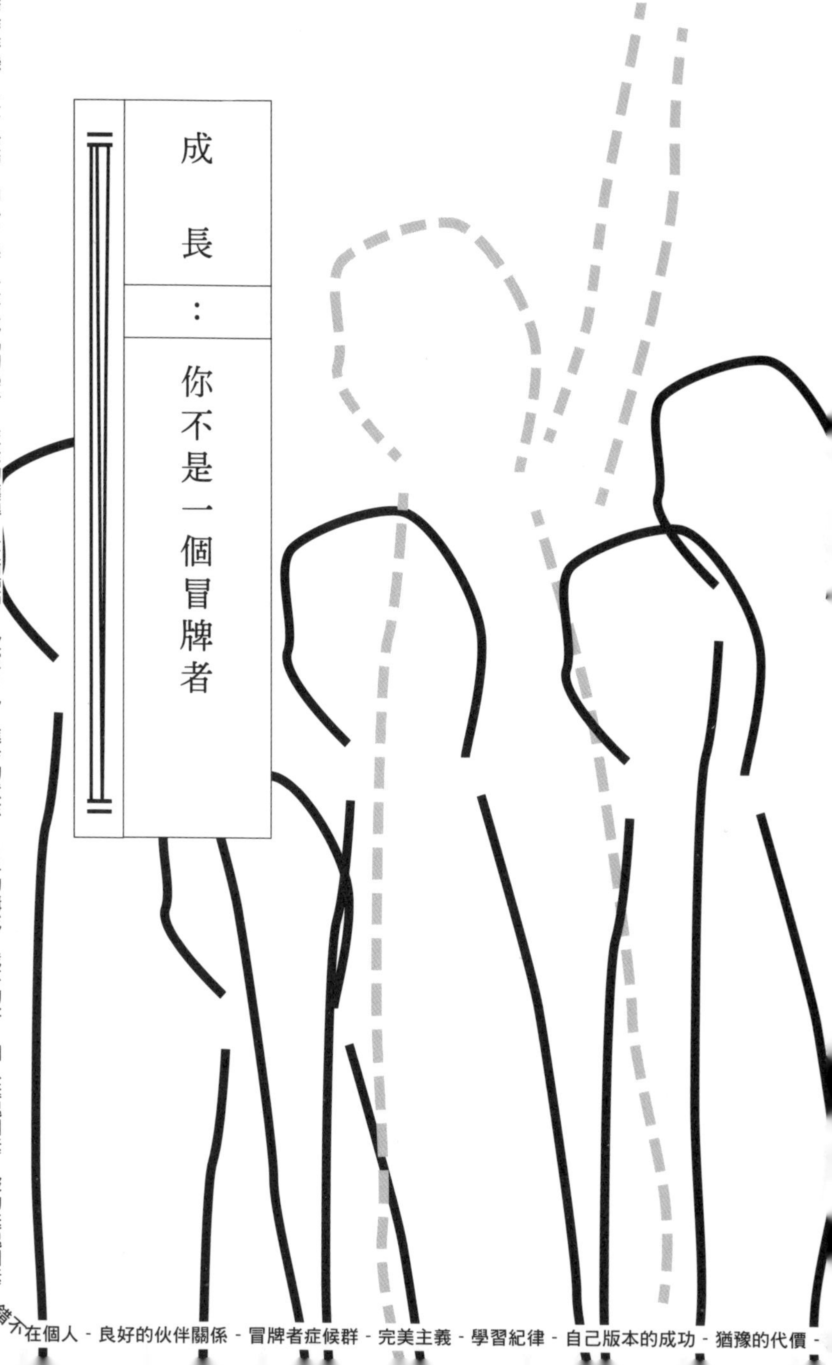

等待時機 - 生命任務 - 內心召喚 - 重新成為初學者 - 技能的獲得 - 不斷練習 - 欣賞自己 - 進步的意志 - 自卑的構成 - 我不夠好 - 個人羞愧因素 - 被動羞愧因素 - 錯不在個人 - 良好的伙伴關係 - 冒牌者症候群 - 完美主義 - 學習紀律 - 自己版本的成功 - 猶豫的代價 -

英國哲學家霍布斯（Thomas Hobbes）曾寫道：「我只認識他一個人，能在有生之年克服眾人的嫉妒，建立起新規章。」這個人是威廉．哈維（William Harvey）。威廉．哈維是誰？他又建立了什麼樣的新規章呢？

在一六〇二年，威廉．哈維正在意大利修讀醫科。當時對於血液的認知，源自西元二世紀希臘醫師加倫（Galen）的主張，認為血液由肝臟與心臟分別製造。換句話說，這理論認為血液從肝臟和心臟產出，然後慢慢流到各個器官而不會回流。面對這陳舊的理論，哈維疑問：身體怎可能製造，並同時消耗這麼多的血液呢？血液，都到哪裡去了？

後來，哈維成為了英王占士一世（King James I）的御醫，他持續研究心臟與血液的關係，並在一六一八年想到了另一套解釋血液形成的理論：血液不是製造出來又消耗掉，而是持續在體內循環，心臟像一個泵。

這是一個劃時代的理論，但這理論尚未得到驗證，因為唯一的驗證方法，只可能是剖開人類的心臟，而以當時的技術，那人必定會當場死亡。

面對這個困局，哈維只好將研究轉移到動物實驗與屍體解剖，從而獲得更多肯定理論的證據。當持續做了許多有控制條件的實驗之後，他確信自己的理論是對的，同時，他亦知道這理論太激進，激進到會引來當時醫學界的狂追猛打。因此，他選擇：

等待時機！

有天，有一位青年在鄉間重創了左側胸腔，留下了一個可以直接看見心臟的傷口。哈維得知這消息之後，立即將青年接到宮廷，一邊醫治青年，一邊請來國王查理一世（Charles I of England），讓國王親眼見到心臟收縮的情況，並從旁解說自己的理論。

在一六二八年，哈維終於成功發表理論，而在第一頁上，他寫道：「動物的一切活動均倚賴其心臟，為所有精神與力量的源頭。同樣，國王乃是一國的根基、小宇宙的太陽、一國的核心；國王是所有權力與慈悲的源頭。」

在《喚醒你心中的大師：偷學48位大師精進的藝術，做個厲害的人》（*Mastery*）一書，作者羅伯．葛林（Robert Greene）提到了哈維的這個故事，並指出了一個人之可以成為大師，其中一個本領是：韜光養晦。

威廉．哈維的本領是韜光養晦，還是恭維鞠養，這可以有待你們自行判斷，但我從這故事的領悟是：哪怕你擁有多麼厲害的真材實料，所謂的成長，以至成為一個人物，也是講究時機。

在葛林的書，他還提到另一位歷史人物，他的名字是法蘭西斯．戈爾頓（Francis Galton）。如果你不知道戈爾頓是誰，作者介紹說：他是達爾文（Charles Darwin）的表弟。

在童年時，當達爾文只是一個普通男孩，沒有表現異常的智力，戈爾頓則有極高的智商，並且被認為是一名非凡天才。然而，「如今世人認知的只有提出了演化論的達爾文」。葛林如是說。

葛林以這對表兄弟作比較，旨在說明「先天才能」與「成為大師」沒有自然或直接的聯繫。他進一步提問：如果先天才能不能確保我們成為大師，那還有什麼必然的條件呢？

首先，我們需要找到自己的「**生命任務**」。透過回顧不少歷史名人的往事，葛林發現，每一個大師都經歷過至少一次的**內心召喚**，像信仰經驗一般的肯定了自己必須在哪一個領域發展所長，並願意投入一生的心力去達到高峰，而那就是「生命任務」。以李奧納多·達文西為例，他感到內心召喚的時刻，發生在他從父親的工作室偷取紙張，並在紙上素描森林與動物的年輕歲月。

當找到生命任務之後，大師們不會計較短暫的回報，而以努力學習為人生目標。例如，達爾文在年輕時拒絕了醫學院的入學機會，也放棄了一份薪水優厚的教堂工作，而反過來說服父親允許他在海軍軍艦「比格爾號」當上免費勞工，以便他可以研究各國的植物和動物。這最終成為了他研習出演化論的寶貴材料。

不過，話說回來，葛林以達爾文與戈爾頓作比較，有點不倫不類。達爾文固然是大師，但戈爾頓爵士一生發表了超過三百多部論文或書籍，乃是維多利亞時期的著名博學家，更是遺傳學的大師（儘管他在一八八三年提出的「優生學」引起了爭議）。

我想，這也給予我們另一個啟發：哪怕是大師，哪怕是一名多麼厲害的人物，也總會遇上一兩個孤陋寡聞的人，也有可能被低估、被誤解、被忽視。

成長，離不開學習。

在人生最初的幾年，我們主動學習爬行、說話、吃飯，然後我們又被動的花了十數年時間在學校磨煉各式各樣的才能。但，接下來呢？在成年之後，你上一次學習新知識或技能是什麼時候的事？

美國著名傳媒人湯姆．范德比爾特（Tom Vanderbilt）以自身的經歷，寫了《學以自用：管他考試升學工作升遷，這次我只為自己而學！》（*Beginners: The Joy and Transformative Power of Lifelong Learning*）一書，跟我們探討了學習如何成為持續終身的自我計劃。

話說，當范德比爾特的女兒出世時，他已經是一位在業界站穩了位置的記者。然而，女兒的誕生令他多了一份工作：范德比爾特要成為一名教師。

范德比爾特發現，父母的職責是每天教導孩子不同的事情，從他們小時候的走路和發音，以至長大後，父母繼續教導他們更複雜的事，如騎自行車、烹飪、應對社交等等。

當范德比爾特教導女兒時，他突然意識到：多年來，他自己沒有學習新技能。停止學習，代表了停止成長、停止進步，也就是故步自封的年老表現。於是，他決定改變這狀況，挑戰自己去學習一些全新的事物，包括下棋和衝浪。

當學習新事物時，范德比爾特意識到「**重新成為初學者**」所帶來的許多好處，並反省了「成年人不學習」的種種原因。原來，成年人不善學習是有生理因素的。研究發現，七歲的孩子平均比成年人擁有多百分之三十的神經元來吸收新信息。換言之，孩子的大腦比成年人更靈活，有更大的可塑性去改變自己，並且接受新事物。

但，這只解釋了成年人「不善學習」，而非「不學習」。范德比爾特發現，孩子勇於學習的原因是「社會沒有期望孩子成為任何方面的專家」，所以當孩子學習時，他們不會擔心這是「顯得笨拙或失敗的舉動」。

相反，成年人有了「面子」的概念，不習慣將自己置身於不熟悉的處境，導致我們不願意嘗試，更拒絕學習。

在二〇一七年，谷歌發佈了一份「最熱門搜索」的列表，這些搜索以「如何」（How to）開頭，而排在榜首的是「如何綁領帶」，其次是「如何寫求職信」、「如何減肥」等等。有趣的是，排在第五位的是「如何畫畫」。

范德比爾特無意間讀到這新聞，便問：我們幾乎從嬰兒時期便學習畫畫，為什麼有這麼多人覺得自己不會畫畫呢？這是因為，學習是有不同程度的。

加利福尼亞大學的德雷福斯兄弟（Stuart and Hubert Dreyfus）花了幾十年時間，研究成年人學習新技能的過程。從研究如何學習下國際象棋，以至如何駕駛戰鬥機，兩位教授發現「**技能的獲得**」經歷五個階段：新手、初學者、玩家、熟練者，以及專家。重點是：這五個階段的距離是不均的。

成為一個新手，你只需要將基本規則弄清楚，例如象棋新手學習棋子的移動方式、新手衝浪者掌握上板的基本步驟。但，當新手要成為一個初學者，我們便必須在複雜而混亂的現實世界中應用新技能。

原來，從新手晉升為初學者的過程，比想像的要困難得多。范德比爾特以衝浪作例子，說只有百分之五的人在第一次課程後會回來繼續學習。

所以，我們應該怎樣順利令自己晉升為初學者，甚至玩家呢？方法只有一個，而且是相當平庸的建議：**不斷練習**，直至「練習到新動作或技能變得自動化」，變得跟你的身體渾然天成。科學家指出，過度思考是獲得技能的強大障礙。只有將新技能變成無意識的操作，我們才真正進入運用新技能的自在狀態。

那麼，最佳的學習方法又是什麼呢？在一個實驗中，科學家跟蹤了兩組戲法初學者。一組接受書面指導，另一組則觀看戲法短片。你想，哪一組取得了更大的成功？古老教導與科學實驗都告訴我們：紙上談兵，倒不如多看別人實踐。

話說回來，為什麼我們總是學不好畫畫？除了是實踐不足，更大的原因可能是：學習，不只講求技巧與知識，更是要花時間來學會欣賞世界，包括**欣賞自己**。

自卑與進步，貌似一負一正，卻又是互為因果的怪圈。因為自卑，所以我們尋求進步，但有時，過度的自卑，又會摧毀想去**進步的意志**。因此，在鼓勵自己進步的路途上，我們需要先弄清楚**自卑的構成**。

布芮尼・布朗（Brené Brown）是休士頓大學社工研究院的研究教授，她花了十多年時間研究人類心靈的各種脆弱。在著作《我已經夠好了：克服自卑！從「擔心別人怎麼想」，到「勇敢做自己」》（*I Thought It Was Just Me (but it isn't): Making the Journey from "What*

Will People Think?" to "I Am Enough"），布朗提到，構成自卑的其中一個關鍵元素是羞愧。

布朗訪問了三百多人，問他們如何經歷羞愧，而她得到了幾個發現：首先，羞愧是一種本能的負面情緒（這也不算什麼發現吧）；其次，羞愧與被拒絕，以及被揭露了一些我們想隱藏的事情有關（這或許喚醒我們一些個人經驗）；還有，羞愧是很難去準確描述的情緒，但總的來說，那就是一份「**我不夠好**」的感覺。

有關羞愧，布朗提出了以下的定義：羞愧是深刻的痛苦感，源於我們認為自己不夠好。這「我不夠好」的感覺，在大多數情況下，發生於我們想尋求同情或理解，卻得到了拒絕的時候。

舉例，其中一位受訪者說到，在她高中時，母親自殺身亡。那是她需要支持和同情的時候，但偏偏惹來了同學的排擠，因為她是一個「吊死自己的瘋狂女人的女兒」。

在我們需要支持時，偏偏換來了拒絕與傷害，這樣的打擊造成了即時的羞愧，以至長期的自卑。然而，羞愧不一定要成為自卑，布朗提醒我們：每個人都會經歷大大小小的羞愧，真正重要的是我們學會如何處理它。

布朗以自己的經驗作例子：有一次，在她忙到不可開交的週末，女兒的學校辦了一個派對。在派對前，布朗答應為女兒準備曲奇，但她忘了，直至到達現場，老師問布朗的時候，她才撒謊，指著桌上某包曲奇，說謊這是她帶來的。

這件撒謊事件，製造了強大的羞愧感，她耿耿於懷，越想越羞愧，想到「我是不夠好的母親」。布朗怎樣處理這一份羞愧呢？

當羞愧的濃度太高，便會有害，甚至帶來生理反應，令人臉紅發抖、口乾舌燥、吞嚥困難，以及睡眠失調。無論羞愧感以哪一種形式侵襲，克服它的第一步始終是注意它、了解它。我們需要準確識別羞愧，弄明白是什麼觸發了它，並將它分成兩類羞愧因素：個人與被動。

個人羞愧因素，可能是一些錯失或缺點，就如作者忘了帶曲奇一事，這些事情可以透過改正或進步來處理。但，**被動羞愧因素**，則不是個人能夠逆轉的。舉例，根據作者的研究資料，身體形象是引發被動羞愧的普遍原因。當人們抱怨頭髮太少、雀斑太多，或肚子太大時，感覺像自己是唯一一個經歷這樣問題的人，誤將被動羞愧理解為個人羞愧因素。

事實上，這些是社會單一身體觀所形成的被動羞愧因素，是個人難以逆轉的。布朗認為，我們應該以批判意識處理這類被動羞愧，讓自己站遠一點觀察這被動羞愧的現象與成因，教自己明白：**錯不在個人**。

不過，忘了帶曲奇，明顯是個人羞愧。這也是布朗明白的。她向一位朋友傾訴，而這位朋友站在布朗的立場，開解她說：她實在太忙，所以才忘了此事，而說謊只因為她不想在老師面前留下不好的印象。

這位朋友，單純以同理心，而非批判力去開解布朗。在人生中，我們需要有這樣的伙伴來叫自己振作。心理學家米勒（Jean Baker Miller）和斯蒂弗（Irene Stiver）在一九九七年的一項研究中便發現，「**良好的伙伴關係**」是使人感到穩定和確信自己價值的最可靠方法。

除了找可靠的朋友，還有一個方法可以處理羞愧，那就是將它轉化成故事，轉化成為個人成長的一次事件。明顯的，布朗也將這點子做到了，更寫成了一整本書。

世間上的故事有兩種，好看的與不好看的，而將「我不夠好」的想法轉化成故事，也有分兩種：「正面的」與「自以為正面的」。

或許，每一個父親都有幾個常常掛在口邊而引以為傲的故事。我的父親也有幾個這樣的故事，其中一個是說到他中年時在貨櫃碼頭工作，上司想將他由前線員工升職到初級管理人員，而我的父親斷然拒絕了。

為何他以此為傲呢？父親說，這是證實他有自知之明。

從小，每當他說起這往事，我都覺得這事費解得很，我不明白當中的合理邏輯，直至我讀到倫敦大學皇家霍洛威學院臨床心理學博士潔薩米．希伯德（Jessamy Hibberd）的《冒牌者症候群：面對肯定、讚賞與幸福，為什麼總是覺得「我不配」？》（*The Imposter Cure: Escape the Mind-trap of Imposter Syndrome*）一書，我才明白到，我的父親也是受「**冒牌者症候群**」之苦的人。在書中，希伯德探討人們何以總是想著「我不夠好」、「我不配」、「我不值得」、「我只是一名冒牌者」等等的自我懷疑。這個「冒牌者症候群」令人們難以認知自己的能力和成就，只專注於缺點和不足，就如書中提到一名作者的例子。

波比是一名作者。她熱愛寫作，終於與夢寐以求的出版社簽署了一份出版合約。但，她的恐懼隨即湧上心頭：「我能寫什麼？我可以賣出多少本書？如果我的書賣不好，那怎麼辦呢？」

你可能會想：只要她的第一本書出版而獲得成功後，她自然不會再認為自己是冒牌者吧！但事實是，即使她的第一本書大賣了，她在著手寫第二本書時，同樣會懷疑自己不過是「不值得的作家」。

原來，波比與我的父親都不是少數。希伯德指出，約有百分之七十的人「曾經恐懼被他人高估，焦慮被人看穿自己的無能」，或「無法將自己的成功歸因於自己的能力」。這些人「明明擁有某種社會地位的光環，仍覺得自己只是濫竽充數，甚至覺得這一切都只是出於運氣」，「即使再多的成績、證照或各種證據指明，他們確實具備優秀才能，他們還是認為自己只是騙子」，認為自己是「冒牌者」。那麼，你是其中之一嗎？我們不妨用以下的參數來評估一下。

希伯德引用瓦萊麗．楊（Valerie Young）的研究顯示，有「冒牌者症候群」的人會呈現五種特徵。第一，**完美主義**。完美主義者強調高標準，他們害怕失敗，而遇到不完美的事情時，傾向自我懷疑。但，完美是不可能的，這自我懷疑的感覺會造成永無止盡的循環：努力、不滿、努力、不滿、努力、不滿……

第二，天才型人物。所謂天才型，即天資聰敏、學新事物很快的人，而他們普遍缺乏毅力。天才型習慣於高速完成任務，而當他們不能立刻做好某事時，便容易想到自己「或許是冒牌者，過往的努力只是運氣」。

第三類是「獨行者」，也是高危一族。獨行者習慣於以個人的力量去達成目標，即使任務出現問題，他們也不傾向尋求幫助。當問題成了困難，不少的獨行者會拖延時間，直至不得不承認失敗，並將所有失敗歸咎於自己。

第四類容易有「冒牌者症候群」的人是「專家」。專家是社會身份，也是一種自我認知，代表著一個人在某領域有極高的表現或能力，但有能力不代表無所不知。越有能力的人，反而越容易覺察自己的無知（相反，無知的人總以為自己有能力）。荒謬的結果是：專家也有懷疑自己是冒牌者的時刻。

最後一類是自認為「超人」的人。超人與完美主義者一樣，認為一切都是零和遊戲，要麼全盤皆是，要麼一無是處，而他們的不一樣，在於超人會訂下不切實際，甚至妄想一般的目標。簡言之，超人總是不能達成目標，並在不斷的失敗中自我懷疑。

如果你的自我也有以上的一些特徵，希伯德提議你做一個習作：拿起紙筆，列出你曾經取得的所有成就，無論大小；然後，問自己，如果有人達到了你清單上的所有事情，別人會如何看待「他」；以此作為證據，告訴自己，這個「他」就是別人眼中的你，你的成就值得你欣賞自己，你不是一個冒牌者！

世界上沒有超人，但我相信，世界還是有天才，只不過我不是其中之一。

於是，我明白了，我走在一條沒有捷徑的人生路上，而這也是絕大部份人正在走的大路。在此，紀律比其他優點更重要。

如果要**學習紀律**，最好不過的老師可能是軍人。《自律就是自由：輕鬆取巧純屬謊言，唯有紀律才是王道。》（*Discipline Equals Freedom: Field Manual*）一書的作者喬可·威林克（Jocko Willink）正是一名軍人，他在美國海豹部隊服役二十年，從海豹部隊的士兵升到軍官，及至二〇〇六年於伊拉克戰爭的拉馬迪戰役（Battle of Ramadi）擔當海豹三隊「布魯瑟任務小組」（Task Unit Bruiser）的指揮官。戰後，他成為了訓練官，訓練美國西海岸所有海豹部隊。

在書中，這名訓練官訓示，「所謂捷徑根本是謊言」，而我們需要的是活出紀律的人生。我想，沒有多少人會否認這樣的道理，但問題是：如何活出紀律呢？

威林克認為，我們的內心需要一顆有推動力的野心。野心是行動的燃料，也是「一種戰鬥的態度，要用你擁有的一切來超越和優於對手」，當你具有野心時，「你必然是積極主動的，因為你不會等待敵人先攻擊」。

在威林克的文字裡，「對手」和「敵人」的確指他人，但我又想，所謂敵人，也可以是過去的、負面的、膽怯的自己。野心是一種驅使人取得勝利的特質，而勝利的內容是自己定義的，每個人都可以有「**自己版本的成功**」，成功可以在於事業、財富、家庭、信仰，又或學養。

當野心用在善意的目標上，它便不是一個缺點。我們將野心設定為行為的預設模式，自然就有了執行紀律的理由，「紀律能戰勝『今天不行』、『等等再看』、『我要休息』、『明天再做』等沒完沒了的藉口」，「更重要的是，紀律會帶來自由」。

或者你會問，野心與紀律是先天，還是後天養成的呢？威林克的答案是：不知道，也不需要考究（因為他是軍人，而不是哲學家或行為科學家），重點是：行為，都是選擇，而在沒有天分的幫助下，我們始終可以選擇做什麼、怎樣做，選擇怎樣成為有紀律的人。

或許有人會質疑，高度紀律的生活，不就等於單調乏味的人生嗎？威林克認為，事實正好相反。世界有太多令人分心的事物叫人浪費時間，而只有紀律，才可以教人專心實現更多的可能，果斷活出多姿多彩的人生。

果斷的相反，是猶豫。作為一名有豐富前線經驗的軍人，威林克認為，猶豫是一個必須處理的行為，因為在戰場上，**猶豫的代價**可以是丟了生命。

「從你決定做某事起，最可怕的時刻就是在等待去做和實際去做之間的時間。戰局就在那個短暫的時間內決定贏得或輸掉。猶豫，使你無法前進」，而戰勝猶豫的方法，就是定下計劃，並有紀律的按計劃而行。

我們說的不是軍事戰場，而是人生的戰場。威林克指出，我們至少要自律而果斷的去執行兩個計劃：**運動與睡眠**。

什麼是應該去做的運動呢？威林克的官方答案是「任何運動」。所有運動，「同樣有價值」。無論是伸展、步行、舉重、游泳，還是來一場足球比賽，只要那運動能夠叫你的身體活動，那就是你應該去做的運動。做運動的紀律，就是持續！

又說，威林克的私心運動推介是巴西柔術，他認為「每個人都應該接受武術訓練，就像每個人都應該進食一樣」。我不太肯定這邏輯是否正確，只能說這提議還真的符合作者的人物設定。

另外，睡眠的計劃，也是必須有紀律的去執行。威林克是早睡早起主義者，從軍事訓練而來的習慣說服了他，「晨早起來是戰勝敵人的關鍵」。但正如前文提到，按不同人士的體質和生活需求，早睡早起還是晚睡晚起，悉隨尊便，而我贊同威林克的提問：你是否有控制好自己的睡眠，確保自己沒有不必要的拖延入睡時間，並持續而有紀律的讓自己睡飽呢？

想問大家一條簡單的數學題（完全沒有低級智力題的成分）：一支球棒和一顆球，總值1.10美元。同時，球棒比球，貴1美元。那麼，球是多少錢？

0.10美元嗎？這是我的答案，是大多數人的答案，但也是錯的答案。正確答案是0.05美元。而值得思考的是：這麼簡單的加減數學題，何以導致大多數人的錯誤呢？

諾貝爾經濟學獎得主康納曼（Daniel Kahneman）在名作《快思慢想》（*Thinking, Fast and Slow*）一書解釋，這是因為我們在解決輕易問題時，往往用上「快思系統一」而非「慢想系統二」所致。**系統一與系統二**，究竟是什麼東西？

快思系統一，以直觀和快速的方式運作，「它很情緒化，依賴直覺，見多識廣又很會聯想，擅長編故事，系統一能迅速對眼前的情況做出反應」。因此，系統一往往成就令人驚訝的傳奇，如書中引用心理學家克萊恩（Gary Klein）說過的一個故事。

話說，一群消防隊員進入廚房著火的房子。在快要把火撲滅時，隊長突然大喊：「立刻撤出！」隊員不知原因，照命令撤出，而奇怪的是連隊長自己也不肯定為什麼如此衝口而出。然而，當全隊撤出之際，廚房的地板整個垮掉了。

原來，真正起火的位置是廚房樓下的地下室。當時，隊長感到廚房的狀態比一般火災安靜，沒有劇烈燃燒的聲音，這激發了隊長的「**危機第六感**」。

類似的故事，常常出現在電視、電影。一來場面與緊張度引人入勝，二來可以突顯主角經驗老到的英雄光環。然而，康納曼指出，這是錯誤的印象，快思系統一「很容易上當，以為親眼所見就是事情的全貌，任由損失厭惡和樂觀偏見之類的錯覺引導我們做出錯誤的選擇」。

換言之，快思系統一的回答很快，也因為太快，快得常常出錯。

慢想系統二，則「動作比較慢、擅長邏輯分析，系統一無力解決的問題，都丟給系統二處理」。既然是這樣，為什麼我們不長期依賴系統二，而會用上系統一呢？因為慢想系統二「雖然不易出錯，卻很懶惰」，於是思考只好「走捷徑，直接採納系統一的判斷結果」，也就解釋了為何我們沒有寫出球棒與球的算式，而直接回覆了一個錯誤答案。

「球棒和球」的問題，揭示了我們內在的**思想懶惰**。康納曼說道，當我們使用大腦時，往往盡量減少每個任務所需要用的能量，即「最少努力法則」。慢想系統二準確，但消耗更多能量，導致人們依賴常常出錯的系統一，甚至迷信直覺。

快思系統一常常出錯的原因不少，其中一個情況是「**促發效應**」（Priming Effect）。促發效應，跟聯想力有關。舉例，當我們看到「EAT」，再看「SO_P」這組字母時，我們會被促發想到「SOUP」，但若然我們先看到「SHOWER」再看到「SO_P」，就好可能想到「SOAP」。

這樣的促發，總是在無意識間發生。康納曼引用了一個實驗來進一步說明促發效應：在英國一所大學辦公室的茶水間，職員多年來以自助形式付費喝咖啡或茶，牆上貼了茶和咖啡的價目表，讓他們自行投錢到誠實箱。

後來，有人在價目表上方貼了一張海報，海報沒有警告字眼，只是每星期更新一次影像，有時是花，有時是一雙直視觀看者的眼睛，而實驗人員發現，當海報展示一雙眼睛時，那一週誠實箱內的金額會比海報展示花朵時多出三倍。

不知道多年前「亂拋垃圾人見人憎」的海報是否也參考了這實驗呢？無論如何，實驗證明了促發效應的存在，海報上的「眼睛」令人聯想到自己的行為是被察覺到的，因此叫人變得「誠實」。

康納曼繼續引用其他的研究指出，除了影像，某些社會和文化條件也會促發人們的快思系統一。例如，有研究證明，當人生活在充斥金錢的影像、論述與概念中，便會變得「不太願意參與、依賴或接受他人的要求」，更趨向個體主義。

在此，康納曼旨在解釋，人們好可能會因懶惰而習慣以快想系統一思考，而系統一又會因為各種原因，例如促發效應，而作出非理性行為。因此，康納曼提醒我們：多用慢想系統二，好以作出更理性、更有益的決定。

但，我又想，如果快思系統一是本能，而促發效應又是千真萬確的話，我們要不要一起構作一個充滿善意與同理心的社會，好讓大家一起被促發作出更多非自私的博愛行為呢？或許，這樣的想法也是出於我的系統一，又或我的**天真系統三**。

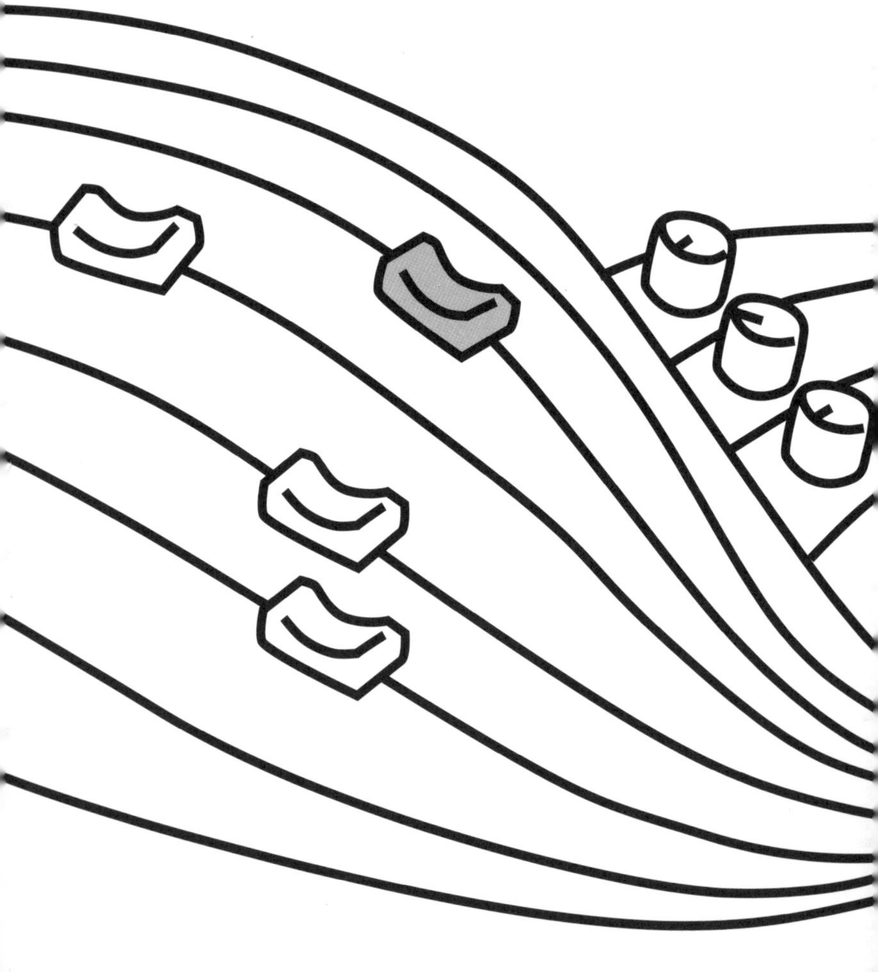

效率：自我控制就像一塊肌肉

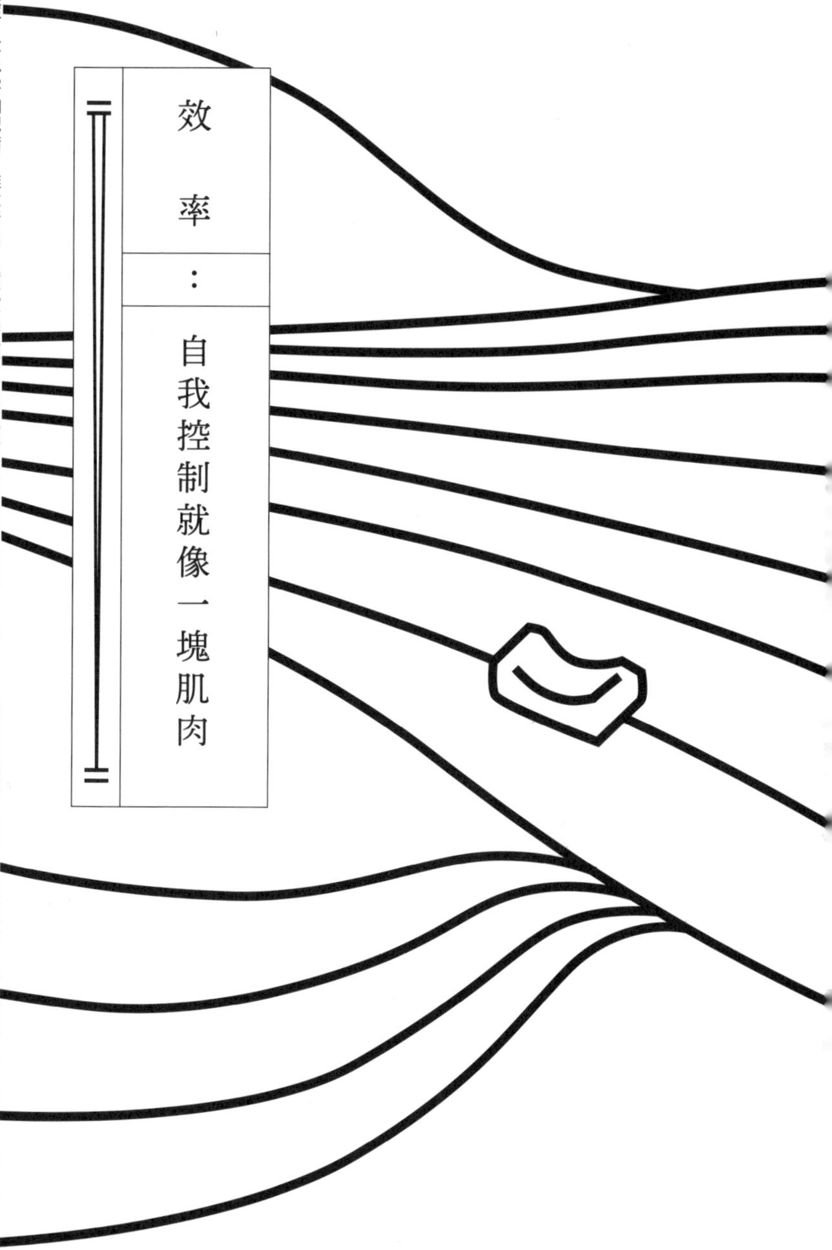

拖延症 - 不必害怕犯錯 - 雜念清單 - 養成新習慣 - 不靠熱情 - WOOP - 如果x，則y - 自我控制的短暫失敗 - 高度專注 - 學會拒絕 - 刻意練習 - 創意擁有權 - 迪士尼法 - 小而可行 - 不要用任務清單 - 時間管理 - 例行公事 - 垃圾時間 - 創業夢 - 業務核心 - 邊做邊

在馬克．吐溫的自傳中，他抱怨自己說，時至二十世紀末，他每天書寫的字數越來越少。他寫道：「一八九七年，我們住在倫敦泰德華斯廣場，當時我在寫《赤道漫遊記》，平均一天一千八百字；現在（一九〇四年）在佛羅倫斯，我一口氣寫四五個小時，平均字數大約一千四百字。」

「平均字數大約一千四百字」也算是少嗎？這對於馬克．吐溫來說，這是事實，因為他年輕時平均一天寫三千字。

或許你會說，字數不代表什麼，也不反映文學價值的高低。的確如此，但我想說的，只是效率。為什麼馬克．吐溫可以每天寫，而且是每天平均寫一千多字，而我，或你，卻總是面對自己的稿子裹足不前呢？

難道，我也有**拖延症**嗎？

近年，大家都說自己有拖延症，但事實上，只有當一個人的拖延問題，影響到正常生活運作，那才稱得上是拖延症。不過，哪怕我們未至於病入膏肓，或多或少都會有一些拖延問題。

拖延，這個看似無害的習慣，往往成為拖著我們後腿的敵人。拖延，是整天都在刷社交媒體，或玩手機的重複性遊戲，卻不肯動手寫報告；拖延，也是將書枱與筆記逐一整理，卻遲遲未開始寫論文；拖延，還有在網店無目標的瀏覽，卻不去填寫擱置了好一陣子的稅單。

我們拖延，因為天生懶惰嗎？美國心理學家尼爾・費歐（Neil Fiore）在《擊敗拖延，就從當下的三十分鐘開始》（*The Now Habit: A Strategic Program for Overcoming Procrastination and Enjoying Guilt-Free Play*）一書告訴我們：拖延並非與生俱來，懶惰也非天生的特質。

費歐寫道，當我們觀察孩童的行為，自然會發現孩童從來不會拖延。相反，他們想到什麼就做什麼。這說明拖延是一種後天養成的不良習慣。可幸的是，既然拖延是一種學來的行為，我們也可以有方法逐漸克服它。

孩童想做便做，沒有拖延，但大人常常會制止孩童想做便做的行為，並稱之為紀律。紀律，本來是為了防止我們犯錯的，但過分強調犯錯的教育，又令人越來越怕犯錯。因為怕犯錯，所以我們延遲行為，好以延遲犯錯的可能，慢慢便養成拖延的習慣。正因如此，拖延問題常常發生在工作領域。當我們面臨一項特定的任務，如寫報告、組織研討會或公眾演講時，拖延便悄然而至。

拖延，不是懶惰，而是怕犯錯。在此，完美主義者的感受更深，他們對自己的表現極度在意，覺得必須做到最好，否則就等於「沒有盡全力」。然而，費歐寫道，事業有成的人往往不是完美主義者，他們不會被結果困擾，不怕犯錯或遭遇挫折，而是毫不猶豫地去嘗試，並透過不斷嘗試來增加成功的機率。當我們覺悟到**「不必害怕犯錯」**，自然就能戒掉部份的拖延問題。

那另一部份的拖延問題呢？這可能出於那些任務的厭惡性。我們不會拖延去吃喜歡的拉麵、去看期待已久的演唱會，或去買心儀的冬季外套，但我們會拖延每天的工作。

撇除了完美主義的問題，我們討厭「工作」本身，也是造成拖延的關鍵。再一次，費歐強調，這是後天學習而來的。在學校，我們早早學會了工作與玩耍截然不同，小息是玩耍的有趣時間，而剩下來的就是乏味且沉悶的「工作」；在家庭，父母也常常說：「你要先做好作業，才能去玩耍！」如是者，我們二分了工作與玩耍，前者是苦，後者是樂。

面對這問題，費歐認為我們要重新審視自己的喜好，我們不必喜歡現有的工作，卻應盡力找到自己喜歡的工作。若然我們真的要處理一些不想要做的工作，那怎麼辦呢？

這時，我們通常會搬出責任感，跟自己說「我必須要做」、「我應該要做」。費歐卻說，「我必須要做」的真正意思是「我不想做」，每當你說一次「我必須要做」時，本質上是跟自己多說了一次「我不想做」。

因此，費歐提供的一個技巧是：當你的內心想說「我必須要做」時，你用力的跟自己說「我想要做」、「我會做」或「我決定了什麼什麼時候便開始做」。如此積極的自我溝通，可以令精力集中在一個方向去完成任務。

另外一個導致拖延問題的根源是分心。分心，來自干擾，而最難處理的干擾來自於內心的雜念。我們可以關了干擾我們的電視機，但怎樣關掉雜念呢？在你未學會冥想之前，費歐指導我們準備一張紙。

當你需要專心時，手邊放一張紙、一本筆記簿，或是一張小清單，每當有一個突如其來使你分心的想法湧出來的時候，你便儘快把它寫下來，然後，立即回到原本的工作。

事後，一旦你完成了你想做的事情，你可以看一看這張**雜念清單**，檢查你寫下的東西是否真的如此緊急或重要。你好可能會驚訝地發現：怎麼都是一些雞毛蒜皮的事？

在上世紀八十年代，斯克蘭頓大學進行的一項著名調查，結果發現在二百多個受訪者中，有高達百分之六十的人無法堅持他們新年時訂下的年度計劃。

調查結果叫我驚訝，居然只是「百分之六十」！真的只是這麼少嗎？

無論如何，百分之六十也是一個相當高的百分比，即在你與我之間，便有其中一個的我們，再加另一個部份的我們，無法**養成新習慣**。更糟糕的事實是，養成好習慣困難，而戒除壞習慣可以更困難。

在《其實，你一直受習慣擺布：為什麼只是改變習慣步驟，就能更有創意、成功塑身、工作有效率？》（*Making Habits, Breaking Habits: Why We Do Things, Why We Don't, and How to Make Any Change Stick*）一書，心理學家傑若米·丁恩（Jeremy Dean）指導我們如何改變習慣，而第一步要做的是明白習慣的本質。

習慣是一種反覆出現的行為，往往沒有多少意識上的意圖。換言之，習慣是自動化的，即「對執行特定行動的無意識操作」，例如在進入房間時順手開燈，又例如當有人向你扔球時，你自自然然（即在沒有意識到正在發生什麼事的情況下）伸手抓住它。抓不抓到，是後話。

丁恩寫道，哪怕在我們清醒地生活時，也至少有三分之一的活動是由無意識驅動。在這自動駕駛模式之下，我們不完全意識到自己在做什麼，卻慣性地持續行動，這些行動就是習慣。

無意識的習慣，比我們可以想像到的要多得多。舉例，我們總在家庭聚會時，坐在媽媽的右側，這是社交習慣；在會議上，我們一邊聽取簡報，一邊點頭示意，這是工作習慣；又或像這刻的我一般，每寫成三行文字，便會以左手提起咖啡啜一口，這是個人習慣。

習慣，**不靠熱情**，而是無意識的完成。這是習慣的習性，好讓習慣可以持續進行。習慣，是重複，而重複的行為會減少熱情。所以，如果人們靠熱情來驅動行為，行為難以長期持續。

相反，執行習慣的過程是毫無感情的，這讓我們可以在「不需要堅持」的情況下堅持下去。又說，這也增加了戒除壞習慣的難度。

「意識到『無意識』是改變我們思維和行為的力量，這是改變的第一步。」丁恩如是說，而要動搖無意識的操作，還有以下幾個步驟：首先，你要確定你的動機，你需要一個「終極目標」來幫助你克服障礙，而為了找出你的終極目標，你可以寫下「WOOP」，即你的願望（Wish）、結果（Outcome）、障礙（Obstacle）和計劃（Plan）。

下一步，你需要通過找到合適的「條件情況」去執行想養成習慣的行為。這是一種「如果x，則y」的想法。假設你想減肥，你大可以設下「如果我要下樓，則會走樓梯」、「如果到了晚飯後的時間，則不會打開介紹美食的視頻」等等。

最後的一步，是「重複你的行為，因為重複會導致自動化」。養成習慣是一回事，戒除習慣又是另一回（更困難的）事。丁恩寫道，「習慣提供了一個安全區，但也是一種很難逃脫的籠子」。

你是否曾經發現，自己每隔五分鐘便去檢查一次電郵信箱呢？然後，你又會發現，收件箱根本沒有有趣或有用的東西，甚至沒有新郵件。然而，在下一個五分鐘，你還是會去檢查一次收件箱。統計數字指出，這重複而簡單的動作，吃掉了我們超過四分之一的工作時數。

這樣的壞習慣，屬於最愚蠢，或可以說是最不值得的類型，因為即使沒有獲得獎勵（連一封廣告郵件也沒有），你還是繼續重複相同的行為，而這僅僅因為你習慣了無報酬地這麼做。那怎麼辦呢？

再一次，你必須先有意識的去覺察到自己的壞習慣。在此，好消息是，壞習慣往往比好習慣明顯。壞習慣，顯而易見，只是我們總是嘗試去忽視它。所以，還是那一個老方法：自我控制。

不過，丁恩的建議是：我們要嘗試自我控制，但同時，也要有心理準備接受**自我控制的短暫失敗**。「自我控制就像一塊肌肉」，訓練可以讓它變得更強大，而當你沮喪於一次又一次的自我控制不果之時，請記住：這是訓練的過程，而你的控制力將會越來越強大。

根據《哈佛商業評論》於二〇〇七年的一項研究，普通人每天只能做到兩小時的**高度專注**，以及額外五個小時左右的相對專注。在這七小時的極限以外，我們的專注力都很差。而我必須承認，我的專注力，比這平均差低，你的呢？

沒有專注，成不了大事。這是常識，但為什麼我們連常識都做不好呢？解剖學及細胞生物學博士以賽亞．漢克爾（Isaiah Hankel）在《知性成就的科學》（*The Science of Intelligent Achievement: How Smart People Focus, Create and Grow Their Way to Success*）一書，引用了以上的研究，並提出了成就高度專注之必要，以及方法。

漢克爾指出，高度專注，也就是做到「選擇性專注」。可以分心的事情無限，專注力卻是有限。即使我們知道充足的睡眠可以提高專注力的時數，但再多的能量都沒法應付生活的所有瑣事。這就是「選擇性專注」之必要，我們要小心挑選如何善用精力，而第一條規則是：**學會拒絕**令你分心的事物。

心理學家馬丁．哈格（Martin Hagger）分析了超過八十項有關專注力的研究，得出結論：拒絕，不僅有助人們避免浪費時間於低效的活動，還有助於實現目標。除了刻意拒絕不必要的要求和任務，我們更要刻意的去保留時間，執行「選擇性專注」的第二條規則：**刻意練習**。

一九九三年，心理學家安德斯．艾瑞克森（Anders Ericsson）的研究發現，人們花在「刻意的高質量練習」的時間，才是造成「普通成就」與「傑出成就」高低差異之關鍵。普通練習可以做到普通成就，而只有刻意練習，才可以帶來傑出成就。

艾瑞克森進一步指出，雖然普通成就者，大多數花在練習上的時間更長，但練習過程有太多令人分心的活動（如一邊聽歌一邊背生字）。相反，傑出成就者的刻意練習，可能只包括早上和下午各一次集中精神的努力，但這加起來每天只有三個半小時的刻意練習，卻比一整天漫無目的的練習更有效。

第二個漢克爾提出的方法是：確立自己的「**創意擁有權**」。這聽起來有點學術，意思不過是：去創造自己的東西。為了讓自己解脫生活的限制，我們要朝著自己的目標前進，而非他人的目標。在此，漢克爾引用了一個鼓勵人們創作的方法，名為「**迪士尼法**」。

迪士尼法，顧名思義，以動畫大師和路．迪士尼（Walt Disney）命名。在二〇一五年，慕尼黑大學媒體研究教授莎拉．陶許（Sarah Tausch）在一項研究中首次提出「迪士尼法」：當你要創作時，在初稿階段，關掉內心的那個嘮叨的批判聲音，隨意寫下任何想到的東西，不管它是否毫無意義；轉到第二稿時，可以重啟一點批判力，並從第一稿中選取好的部份，以連貫的方式擴展成段落；到了第三稿，也是最後一個版本，你要盡全力的去批判稿子，刪除重複的部份，簡化你的故事，使它成為完美。

另外，第三個教人高度專注的方法是：務實！

當作者漢克爾被診斷患有癌症之後，生活想當然的變了調，他意識到可以引領自己繼續前進的方法，就是「人要變得務實」，專注於能改善狀況的「**小而可行**」的活動。

務實主義的特點是積極主動。依賴務實的計劃，一個接一個的完成「小而可行」的活動，並達到最終目標。在二〇〇八年的一項研究中，心理學家弗朗西斯．弗林（Francis Flynn）發現，務實主義者比一般人情緒更穩定，也更快樂。在壓力時，務實主義者的幸福水平也不會急劇下降。

最後，艾瑞克森還給了我們一個值得參考的建議：**不要用任務清單**（To-do List）。

在二〇一二年的一項研究中，生物學家莫內斯・阿布—阿薩博（Mones Abu-Asab）發現，任務清單有一個大問題，在於它由不相關和不可比的任務組成。在清單上，有些任務只需要幾分鐘完成，又有些可能需要幾星期才能有成果。重點是，人們喜歡完成任務時所獲得的滿足感，即「刪去清單上選項」的快感，於是往往專注於解決小任務，而拖延不做更有價值的大任務。

作為一名習慣用任務清單的人，我只能說：任務清單不是不能用，但真的不要以它作為你的勞動安慰劑。

說到高度專注，順便又說一說如何高度專注的去享受一個充實的早上。

「我發現我早上最有創意，所以早上時，我總是設法不做其他任何事，只顧作曲。」

英國作曲家夏洛特．布雷（Charlotte Bray）如此說道。這位當代作曲家通常早上七時起床，喝了咖啡、吃了早餐之後，便立即到家庭工作室去創作。

的確，善用早上的時間是不少文藝工作者，以及各類成功人士的好習慣，但善用早上的方法，不只有創作。在《這一天過得很充實：成功者黃金3時段的運用哲學》（*What the Most Successful People Do Before Breakfast: And Two Other Short Guides to Achieving More at Work and at Home*）一書，作者蘿拉．范德康（Laura Vanderkam）便從成功人士怎樣善用早上的例子，學習到**時間管理**的方法。

范德康引用一項調查指出，有百分之九十的高級行政人員都是每天早上六時之前起床，而重點不在於什麼時間起床，而是起床後的時間是不是足夠去完成他們想要達成的「**例行公事**」。

「最好的早晨例行公事」，是一些「非緊急，但重要的事情」。這些事情，「通常不會立即產生回報，但長期以來，卻可能改善你的生活」。它們也不是一次就能完成的事情。它們往往沒有明確的目標，卻是可以教人持續堅持下去的活動，例如寫作、跑步，吃有營養的早餐。

范德康概括了成功人士的早晨例行公事，發現他們主要將早上時間花在三項事情：事業、家庭，以及自我。

先說事業。這不是教你一早醒來便去快速回覆收件箱的電郵。與其花時間在瑣碎的雜務，我們更應該集中優質的時間去完成對事業有實質作用的工作，例如作家的寫作、運動員的訓練，或知識分子的閱讀。

以莫伊西奇恩（Debbie Moysychyn）為例，她是一名醫務教育者，而她倡導的是一種開放的工作組織文化。於是，莫伊西奇恩長期打開她的辦公室門，讓人們知道隨時可以找她聊天。這是一個友善的主意，但問題是：同事或學生持續而隨時的短暫會面，令她無法專心工作，也就沒法完成重要的計劃。

如果你是莫伊西奇恩，你會怎樣做呢？取消打開辦公室門的做法？但這不是違反了自己訂下的友善組織文化嗎？莫伊西奇恩的辦法是：用早晨完成自己最重要的工作。換言之，在令她分心的辦公時間，她只處理瑣碎的雜務，如打電話、回覆電郵等等。

另外，與家人共度高品質的早晨時間也是重要的。范德康提到，一位名叫凱瑟琳·墨菲（Kathryn Murphy）的律師，找她討論如何安排生活的事情。原來，墨菲的日程表非常繁忙，每天工作至深夜。幸而，她還是有意識到這樣的生活阻礙了她與女兒相處的時間。

墨菲想作出改變，但沒有想到什麼改變的方法。范德康發現，律師事務所的工作主要是晚上進行的，相比之下，早晨通常比較寧靜，幾乎沒有什麼需要緊急處理的事情，於是她提議墨菲訂下目標：每天與家人一起吃豐富的早餐。這個簡單的改變，一方面不會影響到她的工作，也不至於要付出極高的代價，卻成功充實了她的每一天！

范德康指出，安排早晨的例行公事，最困難的不在於執行，而在於開始。為什麼我們不願意開始呢？主要原因是我們誤以為「早起，就是要睡少一點」，或放棄社交。其實，我們可以透過自我反省從很多的「**垃圾時間**」中賺回時間。

一個星期，有一百六十八個小時，你花了多少時間工作、睡眠、社交？又花了多少時間通勤、滑手機，或是洗澡呢？范德康寫道，如果你想充分利用時間，你先要知道這些時間都去了哪裡。你可能會發現，要與家人共進早餐的成本，只不過是洗澡時少洗十五分鐘。

在此，具體的建議是：拿起一本筆記本，或在手機開一個文件，記錄你一星期使用的時間。放心！對於生活重複又重複的都市人，這樣的習作只要做一兩個星期便足夠，足夠讓你找出有哪些垃圾時間，並請以這些時間去換來更有益的優質時間。

范德康的最後一個提點是：生活充滿突如其來的變化，假如例行公事被打斷了，重新調整便可以，切勿因一時的變化而失去了主導早晨時間的自信。

你有**創業夢**嗎？我，是沒有的。

我不知道這是否跟我在藍領家庭長大有關，但「讀書—畢業—找工作」的人生軌跡長期植於腦內，直至有一日，我終於成為一名文藝工作者、一名自由工作者，我才真正思考：我是否要創業？又說，我是否已經在創業呢？

當時，我還是有一個守舊的想法：創業是一件大事，涉及很多的金錢投資、辦公室與店面、建立多人團隊等等。然而，當我真正去研習如何創業的時候，才發現不少企業家與投資人都指出：在網絡與社會高度分層的時代，創業可以從一人做起，從小做

起，從小做好。

在《重來：更為簡單有效的商業思維》一書，企業家賈森．弗里德（Jason Fried）和戴維．漢森（David Hansson）便以自己的創業經驗，加上其他企業的故事，教導我們如何開始一門小小的創業。

作者說道，如果你要創業，「你需要的，比你想像的少，一旦你的業務核心準備好，就立刻可以展開」。所謂「**業務核心**」，就是那個沒有了它，業務就會停擺的核心，例如熱狗是熱狗車的核心、文藝知識是我從事文藝普及的核心。

認清楚自己的業務核心，至關重要。作者舉例說，有人誤會亞馬遜公司的核心業務是書籍，但事實上，它的核心是「快運、廉價、優質選貨」。當我們清楚了業務核心，才可以弄清楚創業的理由、優勢，以至如何在未來投放資源的方向。

好了，當我們知道自己要賣什麼之後，那是否要有一個完美的計劃才開業呢？作者說：不！只要你弄清楚了業務核心，便應該熱情地開始業務。這是因為在尚未創業的情況下，我們是不可能有一個「完美的計劃」。

作者提倡「**邊做邊學邊改善**」的方針，但前提是：以試水溫的方式進行。

「不要辭去你的工作。」作者寫道：「而是透過每週花一些時間在你的想法上努力，來測試你的熱情。你也不需要承擔沉重的債務，只需利用你現有的設施和設備」，「在大多數情況下，你只需要一台筆記型電腦和一個想法就可以開始」。

小小的創業，從小小的時間與資源投資開始，卻要有大大的熱情。熱情，是最重要的事情，但這裡所指的「熱情」，並不是你對創業的熱情，而是你對業務核心的熱情。「你打算做某事，那是你可以為之自豪的事情」，只有這樣的熱情，才能夠吸引你的客人與粉絲。

作者舉例，在芝加哥，有一間在下午便停止賣三文治的三文治店。一間半日不賣三文治的三文治店？沒錯！理由是他們認為，三文治到了下午，麵包便不再像早上那樣新鮮。因此，它的業務核心不是「三文治」，而是「新鮮」。這份熱情與堅持，成為了它最好的業務方針、宣傳，以及吸引了忠實客人的理由。

從小規模做起的創業，有另一個好處：「讓你遠離媒體的關注，並在不公開失誤的情況下嘗試業務。」作者認為，這就像百老匯音樂劇總在較小的城市進行試演，然後才回到紐約演出的道理一般。小小的創業，可以讓我們善用默默無名的時間，好以嘗試不同的想法和流程。

在這個嘗試的過程，創業者面對的其中一個誘惑是：產品越賣越多。我們都會有這樣的迷思，即「產品越多，業務越豐富」，但實情是，這好可能令你的業務核心不再鮮明，不單是你的客戶認不清楚你的核心，而是你自己也會迷失其中。

作者引用了廚師哥頓・藍斯（Gordon Ramsay）在電視節目《廚房噩夢》給經營不善的餐廳之意見：除掉你餐單上三分之二的項目吧！

這務實而有益的建議，曾經給了我一個當頭棒喝。作為一名從事知識普及的工作者，我可以從深海生物說到外太空科技，也可以從一套動畫說到光學的物理，但，這些是我的業務核心嗎？回到自我的本位，抓住我要普及文藝知識的熱情，並以「文藝指導生活」的原則繼續工作，的確穩住了我的業務，以至助我有繼續前行的信心。

有信心，不代表沒有壓力，而有關壓力的學問，也是提高效率的必修課。

在九十年代末，美國俄亥俄州阿克倫市一家醫院的創傷中心，對交通事故的倖存者進行了一項實驗，試圖以事故後立即從倖存者身上採集的尿液樣本，來預測誰會患上創傷後壓力症候群。

在五十五名受試者中，有四十六名的尿液樣本含有明顯較高水平的類固醇和腎上腺素等壓力激素，而剩下九名受試者的壓力激素水平則較低。當我們大多以為「壓力激素較高」的倖存者將會患病，事實卻剛好相反，實驗證明：「壓力激素水平較低」的倖存者，事後反而患上了創傷後壓力症候群。

任教於史丹佛大學的心理學家凱莉・麥高尼格（Kelly McGonigal）在其著作《輕鬆駕馭壓力：史丹佛大學最受歡迎的心理成長課》（*The Upside of Stress: Why Stress Is Good for You, and How to Get Good at It*），旁徵博引多項研究與個案，指出了一個違反我們常識的論述：壓力，不一定是壞事。

在二〇〇六年，一項在美國進行的研究發現，高水平的壓力會使死亡風險增加高達百分之四十三。這數據合乎你的想像吧！

但，這不是研究的結論。研究人員同時發現，這個死亡風險的增幅，只會發生在那些相信壓力有害的一群人。更出人意表的是，有「高壓力水平，但不認為壓力有害」的人之死亡風險是最低的！

所以，壓力有害嗎？有的，若然你相信它有害。

積極樂觀，可以是一種近乎信仰的心態，但它的正面影響力卻真的具體而確實。麥高尼格提到耶魯大學的一項研究顯示，對「老年」持有積極態度的人，其壽命比其他人長7.6年（這比有運動和不抽煙的人，還多出了四年）。

麥高尼格認為，我們處理壓力的方式比我們意識到的要複雜得多、巧妙得多。除了懼怕，我們的**壓力反應**還可以是「戰鬥、逃離、投入、連結、發現意義，或是學習成長」，這當中的多個選項都可以令壓力轉化成力量，幫助我們變得更強壯、更健康。

舉例，當壓力促成「戰鬥反應」時，大腦會釋放類固醇和腎上腺素，從而產生自信心，以及在嚴峻經歷中學習的動力；當壓力促成「連結反應」時，我們會傾向與親密的朋友或愛人交談，引起催產素的釋放，進一步鼓勵我們以正面與關心的態度與他人建立聯繫。

另外，壓力還可教人珍惜生命。在二〇一三年，於史丹佛大學和佛羅里達州立大學進行的一項研究發現，報稱「經歷過最多壓力事件」的受訪群，正是最傾向認為生活有意義的一群。麥高尼格認為，這也解釋了為什麼人們在退休後，明明多了閒暇、少了壓力，但患上抑鬱症的風險卻增加高達百分之四十。

那麼，我們怎樣才能夠將不良的壓力反應，轉化成正面有用的壓力反應，例如戰鬥反應，或連結反應呢？哈佛商學院教授艾莉森．布魯克斯（Alison Brooks）提供了一個不錯的建議。

在她的演講課上，不少學生都會因為上台公開演說而感到壓力。常識告訴我們：有壓力時，可以跟自己說「冷靜，我很冷靜」，務求叫急速的心跳慢下來。但，這樣硬生生的紓緩方法有用嗎？如果你曾經試過的話，你大概知道這是不太可行的。

與其命令自己的心跳慢一點，教授的建議是：覺察你加快了的心跳，認同自己有緊張的心情，並跟自己說：「**我很興奮**。」

布魯克斯的觀察發現，跟自己說「我很興奮」的組別，比起叫自己冷靜的組別，演說時更有自信與說服力。這是一個簡單的技巧，但它奏效了：先覺察壓力，然後轉換心態，將之轉化成力量。

覺察壓力，是駕馭壓力的第一步，甚至是「取消壓力」的重要一步。在書中，麥高尼格提到心理學家馬克·西瑞（Mark Seery）的一個實驗，實驗內容簡單直接：要求參與者將手浸入冰冷的水中。

實驗發現，如果受試者事前不知道要伸手入冰水，當他們的手觸及冰水，隨即會感到痛楚與不快，甚至立刻「無法忍受」而快速將手抽出來。相反，如果受試者事前便知道要伸手入冰水，他們便不會有太大的激烈反應。

麥高尼格認為，冰水，就如壓力。如果我們有心理準備去迎接壓力，壓力來臨時，我們依然會覺察到它，但它再不是叫人無法忍受的冰感刺激，而可以是大熱天時教人透心涼的興奮。

壓力是可以有益有用，甚至教人興奮，但如果壓力真的太大，大到應付不了，甚至成為毒素來侵襲我們，我們還是有需要去處理它。

認知神經科學家卡羅琳・里夫（Caroline Leaf）花了三十多年時間研究神經的育成，

以及其與心靈與大腦的聯繫。在她的著作《清理心靈的混亂》（*Cleaning Up Your Mental Mess: 5 Simple, Scientifically Proven Steps to Reduce Anxiety, Stress, and Toxic Thinking*）一書，里夫提供了一系列有科學根據的策略，用於面對有毒的壓力，整理心靈的混亂。

里夫引用研究表明，接近百分之九十的癌症、糖尿病和心臟病等狀況是由「**有毒壓力**」引起。更大的問題是：有毒壓力還會改變我們的基因結構。這意味它的負面影響不會止於我們，更會傳給下一代。因此，我們必須要學會根除有毒壓力的方法。

心靈總有感到壓力的時刻，就像人少不免遇上意外。里夫認為，心靈混亂就像一場車禍意外。沒有學會心靈管理的人，好可能會手足無措，但擁有心靈管理技巧的人，則有所準備，懂得應變，可以防止進一步的受傷。

為了幫助人們心靈管理，里夫開發了稱為「**神經週期**」（Neurocycle）的方法。經過了數十年的臨床試驗，里夫的研究數據指出，這方法有效壓抑有毒壓力，並令抑鬱和焦慮的感覺減少百分之八十。

神經週期心靈管理法，有三個基本原則：接納、處理和重新概念化。接納，即認知自己的有毒壓力；處理，即深入思考，挖掘有毒壓力的根源；重新概念化，即採用新的角度，將壓力轉化成有積極作用的念頭或行為。

里夫寫道，以上的三個原則，可以轉化成五個具體的步驟。第一步可以做的是「收集」，收集壓力事件的信息，以及自己的緊張信號，例如心跳加快。

第二和第三步是反思和寫作。這是用於「處理」（即第二原則）的工具，有助深入思考，並將問題與情緒「視覺化」，寫成可以閱讀與理解的文字。里夫提議，我們不妨在反思時，慢慢的問自己五次：為什麼？為什麼？為什麼？為什麼？為什麼？

第四和第五步是重新檢查和積極行動。重新檢查，就像編輯一樣，好以回顧我們所寫的內容，尋找可以採納的積極想法和行為。最後，我們將想法變成積極行動，而壓力便會在行動中散去。這道理就像我們因為一份作業而得到壓力，而只要開始去處理掉這一份作業，壓力自然會消失。

不過，改變並非一夜之間的事情。雖然有說「二十一天」能夠改變習慣，但里夫指出，科學證明這所需要的時間可能要更長一點。她引用一項二〇一〇年的研究指出，若要新習慣在大腦結構上產生變化，這大概要六十三天！

以下是里夫建議的「六十三天」神經週期行程：從第一天到第二十一天，每天花幾分鐘進行「五步驟」，即收集、反思、寫作、重新檢查和積極行動。從深度思考或冥想開始，每個步驟最多花五分鐘；在第二十一天之後，將剩下的日子用於「積極行動」，並持續的進行到第六十三天。所謂「積極行動」，可大可小，大至一個新的行為模式，小至跟自己說「我是勇敢的」或每天在日記上寫上三行字的小動作。

里夫的研究顯示，神經週期心靈管理法，有助增強大腦的力量和韌性，並讓人們睡得更好、吃得更健康。反之來說，若人可以有良好的睡眠和飲食習慣，那神經週期心靈管理法又會更有效。

里夫建議我們刻意的在白天保留「思考時間」（這像發白日夢）。這思考時間可以通過散步、畫畫或發呆等方式持續一個小時進行。這可以改善大腦的血液流動，讓它休息，澄清思緒，並以達到有良好夜間睡眠的功效。

另外，當我們醒著的時候，我們需要吃好食物，以及運動。什麼是好食物與運動，我就不多說了。大部份的人都知道它們是什麼，才會如此順利而完美地迴避了它們，並躺在梳化上吃薯片。

為了根除壓力，里夫提出了以上的「三原則．五步驟．六十三天」，但我又想：如此這般的要求，會否也會造成一種壓力呢？

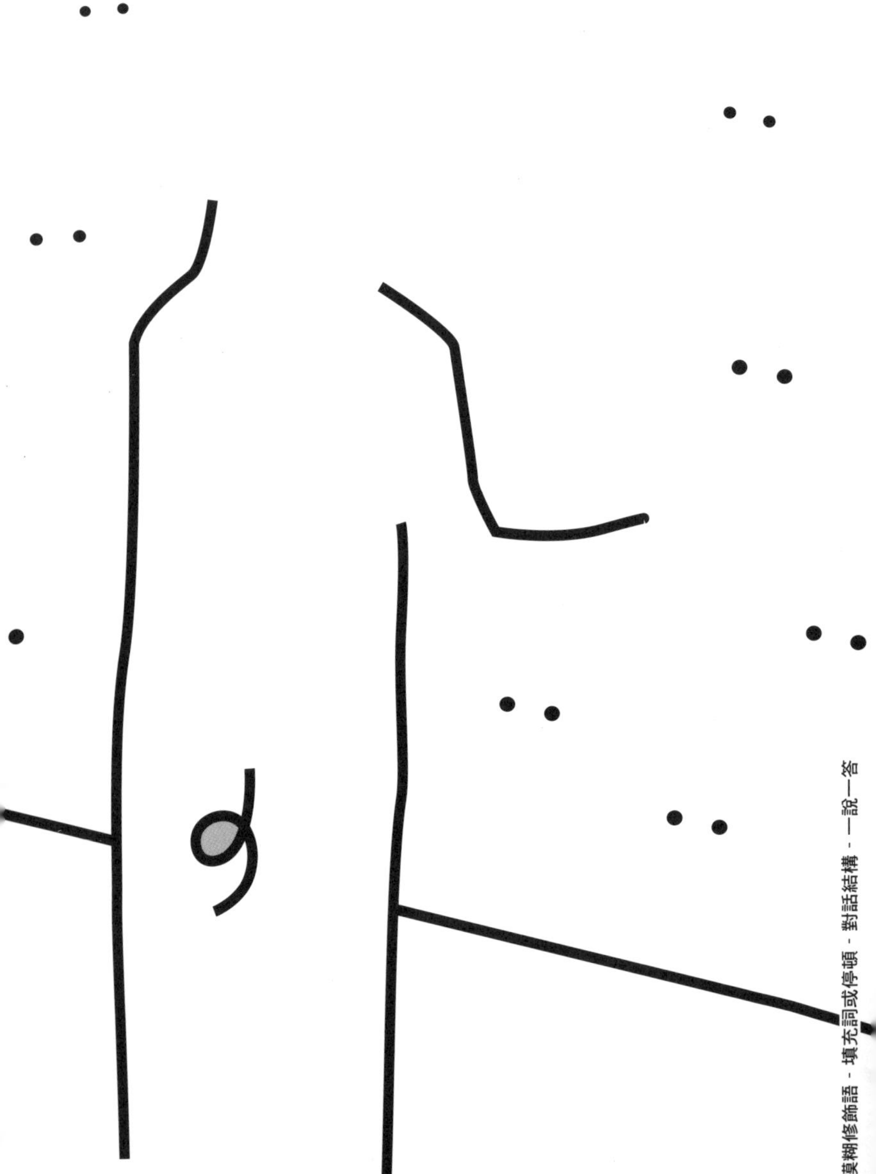

何運作 - 你確定嗎 - 你做得到嗎 - 失去一切 - 二十五句說話 - 語言魔法 - 將動詞轉成名詞 - 使用「不」而不是「不能」- 模糊修飾語 - 填充詞或停頓 - 對話結構 - 一說一答

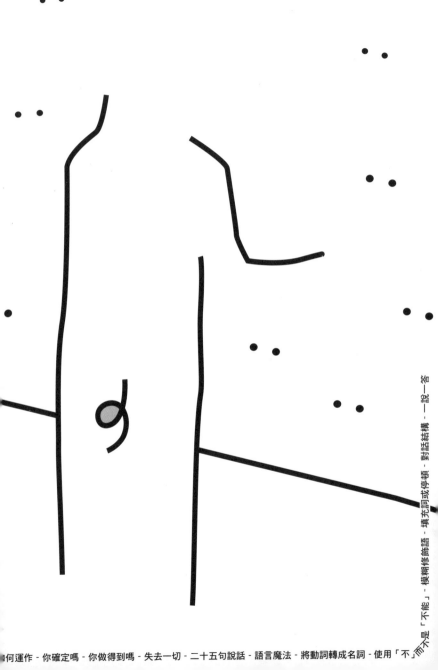

表達：別以為台下的人是豬

事與願違，可以發生在很多不同的情況，例如溝通。

有時候，當我們越想將一件事情說得清楚、說得詳盡，對方反而越是抓不住重點。於是，我們可能會觸發了惡性循環：我們為了讓對方聽得明白，便說了更多更多，令對方聽到更加迷失。

其實，人類接收資訊的能力本來就不高，遠比我們想像與期待的要低得多，而到了當代社會，注意力下降的問題變得嚴重，進一步影響了大家的理解能力。

根據一個軟體開發公司提供的資料，專業人士平均每星期收到三百零四封電子郵件，即每天平均要處理四十多封郵件；而另一份年度互聯網趨勢報告亦發現，人們每天查看手機的次數約是一百五十次，即平均每小時看6.25次，又即是每十分鐘左右便要看一次（這還是假設你二十四小時不眠不休）。

在如此不斷被資訊打擾的日常裡，當代人的注意力可以持續多久呢？七分鐘？三分鐘？一分鐘？微軟公司於千禧年後進行的研究指出，人們平均注意力的持續時間從十二秒降至八秒。根據以上的資料，美國知名資深商業顧問喬瑟夫．麥柯馬克（Joseph McCormack）在《精簡：言簡意賅的表達藝術》（*Brief: Make a Bigger Impact by Saying Less*）一書提問：既然大家這麼難以專心，那我們應該如何改變說話的方式，好以達到妥當而有用的溝通呢？

麥柯馬克的答案，簡單直接，那就是要「**說話精簡**」。他的邏輯是，當代世界充滿了干擾，而如果我們想有效的溝通，便要盡力刪除可以導致干擾的東西。因此，簡潔是必要的。然而，在學會言簡意賅之前，我們先要明白：為何人們會說話太多、太冗長、太累贅呢？

麥柯馬克解釋，在至少兩個情況之下，人們會說話太多。第一個情況是：人們在熟悉的情景，面對熟悉的人，便會說得太多。就算是公司裡平常最少說話的同事，也可能在會議室午餐聚會時，言談甚歡，以至在那一小時裡說到了自己的前世今生。

人們放鬆時會說太多，也會在緊張時說得太多。麥柯馬克說到的第二個情況是：當人要說一些混亂和複雜的事情，卻又沒有組織好他們的思維時，往往會以「一邊說一邊想」的方式說話。這時候，人們自說自話，卻叫身邊人聽到一頭霧水。

無論你是因為太放鬆，又或太緊張，而說話太多，都可以考慮麥柯馬克的**「BRIEF」說話法**：B即背景（Background）；R即理由（Reasons or Relevance）；I即相關資料（Information）；E即結尾（Ending）；F即對方的後續問題（Follow up Questions）。

在說話前，我們可以先在腦袋內預習一次這個「BRIEF」五部曲，以此構作一次簡潔清晰的說話內容，而重點是：「BRIEF」之外的內容，我們不要談；在「BRIEF」之內的，我們則直截了當的說出來。

「BRIEF」說話法，可以用於一般聊天，也可以用於實務工作，而當我們要作口頭報告時，還可以用上更多視覺素材來協助。麥柯馬克引用研究表明，人口中百分之六十五的人都是所謂「**視覺學習者**」，他們可以回憶到百分之八十的視覺內容，卻只能夠記起百分之三十讀到的文字，而對於聽來的，他們最多只能記到百分之十。

你或許是跟我一樣疑惑：當我們說話太精簡，是否會予人不禮貌的感覺，又或成為「**話題終結者**」呢？

麥柯馬克認為，時代正在轉變，變得教大家必須更加珍惜簡單直接的溝通，尤其在商務上。他舉例說，在谷歌公司的會議中，他們用到的其中一個方法是在會議室的牆上投射一個倒計時器，顯示會議結束的剩餘時間，以此提醒大家要精簡發言。

那麼，在日常生活中，我們又可以如何精簡而有禮貌的聊天呢？麥柯馬克說，只要我們保持「**積極聆聽**」，哪怕我們說得再少，對方也不會因而被冒犯，甚至可以令對話走向更有趣的方向。

又說，怎樣才是有效的積極聆聽呢？基本的原則，是你真心的想要聆聽對方的講話，也容許對方把話說完。接下來，你可以嘗試以「為什麼？」來延續你們的對話。

不過，如果對方說話太冗長、太累贅，快要用光你的耐性與專注的話，那又怎麼辦呢？那你不妨推介他一讀麥柯馬克的書，或本書（並在本頁加一個書籤），又或下一節。

我們活在一個鼓勵大家踴躍發言的時代。

老師訓練我們公開演講，社交媒體促使我們更多的表達自己，媒體科技的普及令人人成為自媒體，踴躍開頻道、寫帖子、發表意見。與生俱來的聆聽，於是成為了一種極罕的行為。

在《你都沒在聽》（*You're Not Listening: What You're Missing and Why it Matters*）一書，作者凱特．墨菲（Kate Murphy）以身為新聞工作者的訪問個案，試圖力挽狂瀾的去拯救「聆聽」這彷彿快要失傳的技能。

墨菲提到的一個案例是娜歐蜜．亨德森（Naomi Henderson）。亨德森的工作是主持「焦點小組」的訪問者。焦點小組是質性研究的一種方法，以通過詢問和面談的方式採訪一個群體以獲取對某一特定內容的觀點或評價。

在長達五十年的職業生涯，亨德森一共主持了超過六千次的焦點小組，她的服務對象遍及各行各業，從賣雞件的肯德基，到選總統的克林頓，都曾經參考亨德森的「聆聽結果」而作出策略部署。亨德森的過人之處是什麼呢？

墨菲發現，亨德森有一種令人感到舒適跟她交談的特質，這特質的具體表現在於她的姿態：她總是冷靜、專注、從不交叉雙臂或雙腿，而最重要的是：她似乎總有**充足時間**來陪伴你、聆聽你。

充足時間，是一次良好溝通的必然條件。記得有一次，一名藝術家跟我投訴有一位電台主持極不尊重藝術，我問：「他怎麼了？」藝術家說：「他跟我說節目只有半小時，你不用每幅作品都詳談，大可以隨便的選兩三幅深入聊聊。」我想，那主持說的大概也是他改變不了的事實，畢竟節目長度有所限制，但就是那一份趕急，加上那「隨便」一詞，令藝術家感到不被尊重，不想多說下去。

除了給予時間，一名優秀的聆聽者必須對他人感到好奇，並且懂得以恰當的方式回應。試想一下，你有一個朋友跟你說他剛剛失去了工作，你會怎樣回應他呢？即使在你真的關心朋友，回應也可能是：「我很抱歉聽到這個消息」。

這樣的回應沒有「錯」，但卻沒有可以令對方繼續談下去的空間。對於一名好奇的聆聽者，他的回應大概是：「那你一定在困擾吧？你最擔心的是什麼呢？」當聆聽者專注於什麼讓對方困擾，對方便可以開放訴說。

一個善於聆聽的人，往往在對話中說話比較少，這是因為他對別人的好奇大於表現自我的慾望。在書中，墨菲提到波士頓學院的社會學家查爾斯．德伯（Charles Derber）的研究，他認為，人類有兩種基本的對話回應：支持回應和轉移回應。

舉例，你的朋友說：「前幾天，我的狗兒跑走了，幸好之後我找到了牠。」若然你的回答是：「是嗎？我的狗兒倒是從來沒有跑掉過呢！」那就是**轉移回應**，即你把對話的重點轉移到你自己身上。

相反，若然你的回應是：「是嗎？那你最終在哪裡找到你的小狗呢？」那就是**支持回應**，即你展示了同情、關注對方的處境，並且好奇的想知道完整的故事。

轉移回應是自然而普遍的人類反應，因為人是自我的，但若然你要成為一名良好的聆聽者，那你便要學會、習慣給予支持回應。此外，人的自負也會阻礙我們給予支持回應，承以上的情況，當你相信小狗跑掉是有特定的原因，或你想到了一個說法，你好可能會回應：「其實，你不認為牠跑掉是因為X先生嗎？」

這反問的方式，貌似支持回應，但事實上是一種偽裝的轉移回應，而你不能不這樣問的理由是：你既知道要作出支持回應，但你又不想自己的想法被忽視。

的確，只有學會叫自己的內心聲音安靜下來，這才是我們有機會聆聽到對方的真正開始。

在《先傾聽就能說服任何人：贏得認同、化敵為友，想打動誰就打動誰。》（*Just Listen: Discover the Secret to Getting Through to Absolutely Anyone*）一書，作者馬克・葛斯登（Mark Goulston）同樣提到：當我們想對方投入聊天，你要做的不是提出自己多麼有趣的觀點或故事，而是將自己放輕，停止說話，並看重對方，聆聽對方，更願意接受對方拋出的言語與情感符號。

葛斯登是一位醫學博士，身兼心理醫師、溝通顧問與企管教練數職，曾在美國聯邦調查局教授人質談判，而他教我們的「聆聽課」，也是從一個談判情況開始：假設有一名男子站在大樓的屋頂邊緣，想要跳下來自盡。談判者走向他，試圖說服他，告訴他不要傷害自己，因為自盡不是一個好方法。你猜一猜，那一名男子會如何反應呢？

他會生氣。因為他不被理解，也不會喜歡被指示。西方有一句諺語：「**猴子見，**

猴子做」（Monkey See, Monkey Do），意思是「有樣學樣」。葛斯登說道，人的大腦就是如此操作，腦內的「鏡像神經元」令我們感同身受目睹的事情。於是，當見到別人傷心哭泣時，我們也會想哭，當見到有人受傷，我們也彷彿感到痛，有樣學樣。

鏡像神經元大大影響我們的行為模式。例如，當一個人傾向去滿足身邊人的要求和期望，這可能出於他也想別人滿足他的要求和期望。葛斯登進一步解釋，研究表明，如果我們模仿別人但沒有得到回應，鏡像神經元受體就會感到有問題，令人感到孤獨、寂寞。

換言之，當我們在聊天時只顧自說自話，沒有想用心聆聽對方，對方的鏡像神經元也會有此覺察，有樣學樣，同樣不會願意聆聽你說話，那就談不上任何溝通了。

葛斯登又提到，我們有時候無法好好聆聽對方說話，因為「自己」跟「自己」正在

腦內小劇場爭吵。原來，不同層次的「自己」經常互相溝通、遊說、爭取話事

權，而葛斯登解釋，我們至少有三個層次的「自己」，即爬蟲類層、哺乳類層、理性層。**爬蟲類層**，完全是即時反應，這一層負責我們即時作出「戰鬥或逃跑」的反應；**哺乳類層**，負責情感，處理如嫉妒、悲傷、愉悅等強烈的感情，也是腦內小劇場的主理人；**理性層**，即我們思考的核心，它會小心權衡情況的利弊，然後決定採取什麼行動。

葛斯登認為，為了達到有效的聊天，我們都知道要時刻保持理性，但問題是：我們十分容易受到爬蟲類層和哺乳類層的干涉。例如，當我們受到威脅或遇到危險時，大腦便會跳入爬蟲類層的思考模式。

因此，當我們想有一個理性的溝通，我們要注意彼此溝通的狀態是否友善而自然。換句話說，若我們要理性地聊天，我們先要處理好雙方的感性。我們除了要聆聽對方的說話，更要聆聽到雙方的情緒。

其中一個阻礙我們成為良好溝通者的因素是人們**內心的脆弱**。葛斯登舉例，當我們因為一場演講而緊張，好可能同時會為了自己如此緊張而感到羞愧，這緊張和羞愧加起來，便是我們的脆弱，也會啟動了爬蟲類層的思考，令我們變得想要保護自己，容易將別人的回應誤解成無情的批評。

面對以上的情況，葛斯登建議我們：接受自己的脆弱，並以脆弱作為溝通的工具。我們可以坦誠的告訴大家「我很緊張」，而基於鏡像神經元，對方也會感受到你的緊張（而不是感受到你因羞愧而來的過敏情感）。這時候，聆聽者會傾向給你耐心與支持，也可以令你不那麼緊張。

葛斯登的「聆聽說話法」是雙向的。所以，如果我們想讓對方好好說話，先要讓他有機會抒發情緒和脆弱，並給予對方妥當的回應與鼓勵。

不過，大家又要注意的是：聆聽，不代表不給反應。我們留心對方的感性，給予對方釋放情感的空間，但同時也要給對方知道「我正在細心聆聽」，這最好的方法是**問問題**，自然而合理的按照對方的說話而問有價值或有趣味的問題。

你，學會了嗎？

關於人類的爬蟲類層思考，我想再補充一下，因為我發現，哪怕是情緒再穩定、自問再理性的人，都會有意見不一而與人爭吵的時候，而最麻煩的是，在越重要的對話時，我們往往越容易失去理性去聆聽，也越容易失去耐性去對話。

《開口就說對話：如何在利害攸關、意見相左、或情緒失控的關鍵時刻化險為夷》（*Crucial Conversations: Tools for Talking When Stakes Are High*）一書的作者，稱這些快要失去理性的時刻為「**關鍵對話**」。顧名思義，關鍵對話是一些至關緊要的對話，可能關乎事業、關係、價值觀等等，而它卻又有一個特性，那就是叫人高度緊張、情緒高漲，以至容易叫人無法理性的好好說話，並造成麻煩。

關鍵對話，既重要又容易出錯，因為緊要的對話令人急速釋放腎上腺素，同時，身體卻無法分辨「關鍵對話」和「真正危險」的區別，錯誤地叫我們進入「戰鬥或逃跑」的模式，即失去理性。

我們可不可以放任自己在關鍵對話時失去理性呢？可以，但我們也要知道，這是有代價的。在書中，作者提到了一項涉及兩萬人的調查，發現掌握關鍵對話的人更能應對事業的挑戰，也更容易成為組織或公司裡的意見領袖；而另一項研究亦指出，能夠掌握關鍵對話的情侶，他們的分手率可以減低百分之五十。

掌握關鍵對話的第一課，是先要知道什麼時候不適宜對話。在此，我們可以有兩個指標：沉默和暴力。

當一個人受到攻擊時，沉默和攻擊都是自然的反應，而當一個人在談話時感到不安全或受到打擊，反應亦然。所以，當你發現對方開始忽視你的幽默或提問，你便要格外小心，小心對話將要轉入失控狀態。

另一方面，暴力反應可見於人們試圖將自己的觀點強加於別人之上。如果你曾經和一個人對話，他不斷打斷你、不讓你說話、剝奪你發言的機會，那麼，他就是正在表現言語暴力。

若然沉默或言語暴力出現了，作者提議我們暫時迴避，但若然以上兩個情況都沒有出現，那我們便可以嘗試關鍵對話。

關鍵對話的原則是：不要生氣！但問題是，我們可以如何做到「莫生氣」呢？基本的想法是，我們需要在認知上知道，誰生氣地離開這個房間，誰就是輸掉這一場對話的一方。據理力爭，並不包含展示怒氣。你必須以言語來保護自己的立場與利益，但不是靠情緒發洩。

為了防止自己變得憤怒，我們要花一點力氣專注一個「念」，想念：我想要實現的目標是什麼呢？我在這裡的目的是什麼？我想確保向對方表達的信息是什麼？我想得到的最後方案又是什麼？

在確定了你真正想要從對話中獲得什麼之後，你將注意力轉移到「確定你肯定不想要的事情」之上。當你認知了「想要得到的」及「肯定不想要的」，這中間的範圍就是灰色地帶，也是你可以跟對方周旋、緩衝的談話空間。

另外，我們必須知道「相互尊重是成功對話的絕對前提」。如果人們覺得你不尊重和珍惜他們，他們的行為很快就會退化成攻擊行為，而哪怕你不是真的尊重對方，也必須要令對方感受到你的尊重，其中一個方法是「**連結雙方的立場**」，即令對方感到你提出的方案，可以跟他的利益、關注、目標有關。

想像一下，如果你要否決一個員工的晉升機會，你將會如何跟他展開一場對話呢？你是上司，大可以直截了當的告訴他結果，但他會感到不被尊重；另一個可能是，你既告訴他結果，又同時讚揚和肯定他在公司的貢獻，這會是相對較好的對話方案。但，最好的方案大概是：你告訴他那叫人失望的結果，同時讓他有機會說出自己想怎樣進一步為公司或團隊作出貢獻，之後你認真回應他的自我評價，並提出可以如何幫助他在未來晉升的方案。

掌握關鍵對話，不是魔術。你不可能學會了一些手法、戲法，便輕鬆剝奪了雙方利益，又要叫對方快快樂樂的離場。你可以做到的，只是令彼此保持理性，從而促成一次有益有效的對話。

對話要精簡，聆聽要細緻，而當我們要公開演說，又或要說服別人時，更要懂得細緻地精簡。

有次，我要擔當一個重要講座的主持。我在後台甚為緊張，一位前輩見狀，說道：「不用緊張。你只要想像台下的觀眾是豬便好了。豬不會聽你在說什麼。」

這是前輩的好意，也確實緩解了一點我當時的緊張。但，在那一次講座，我的主持表現爛透了！原來，當你以為台下的觀眾是豬，這也代表你沒有要好好與對方溝通，你主動將情況想像成人豬對談的不可能局面，而到頭來，像豬的是我。

我想學會像人一般好好說話，而《精準表達：既能提案，也會閒聊，即席演講沒障礙，連道歉都能贏得人心》（*Pitch Perfect: How to Say It Right the First Time, Every Time*）一書，提供了一些可貴的建議。所謂「精準表達」，即在正確的時間，跟正確的人，以正確的語氣，說出正確的信息。作者指出，提案的成功率相當低，大約三分之二的提案會遭到拒絕，而原因並非關乎提案的內容，而是表達的方法。

舉例，當我們跟一間公司介紹新發明的產品時，我們大概會興致勃勃大談發明的由來與趣事。然而，對方實際想知道的，不會是產品的發明故事，而是這產品可以如何對其公司有益。當對方給予你足夠的時間，還是沒有聽到產品對自己的益處時，他便會失去耐性。

這「足夠的時間」是多久呢？三十秒！

作者提醒，每一個對話的開頭，都至關重要。一般人在三十秒後，便開始失去專注力。若然在這關鍵的三十秒內，你沒有抓住對方的注意力，之後的內容便難以力挽狂瀾博得對方的認同。

於是，有人教我們要在開始時，概括將要說到的內容和要點，好讓對方有一個概念或框架。但作者認為，這是過時而不理想的做法，一來這樣的報告相當沉悶，二來對方會在聽到概括之後進入失魂狀態。

更理想的開頭，是從你第一個論點著手，或以一個有趣的故事切入。前者可以給人一種爽快而不浪費時間的感覺，後者就是以引人入勝的故事帶領對方的意識。

假設你在開始時成功抓到了對方的注意力，你將會有多少時間提案並說服他？作者說：最多十八分鐘。

十八分鐘，是怎樣的一個時間概念？舉例說，大學的一門學科，平均有十三星期的主講課，而每課是兩節，每節約四十五分鐘。十八分鐘，大約是半節課的時間。

這樣的換算旨在提醒大家，當我們要說一段十八分鐘的發言時，問一問自己：這內容的重要與深度，是否等同於四分之一堂大學主講課的分量呢？

十八分鐘是不短的時間，而人們是「最多」只有十八分鐘的專注力。所以，我們的發言必須從簡。如何從簡，而又有趣呢？我們可以從對方的優點出發。

作者說，人們往往有一個奇怪的習性，喜歡指出別人的缺點，彷彿這樣的指出能夠證明自己的觀察力與彼此的相識度。但，只要將心比己，我們便知道這想法的荒謬。

相反，我們應該以對方的優點來展開對話。作者舉例說明，有一位S小姐患有先天性的「威廉斯氏症候群」。在公眾場合，S小姐常常被問及，什麼是威廉斯氏症候群、這樣的病是否帶來困難或不便云云。

然而，我們應該更專注於這症候群所造就的音樂天賦（研究指出，威廉斯氏症候群患者普遍熱愛音樂與歌唱，並敏於覺察他人情緒）。這例子指出：當面對不同的對象，我們始終有方法找到對方的優點，並以此友善地展開對話。

此外，我們要盡量令說話內容回到自己的認知領域，以及道德標準之內。作者舉了一個例子：在一個朋友聚會上，突然有人拿出了一張舊同學的泳衣照，並侃侃而談，點評對方的身材。

遇到這樣的情況，我們應該果斷的轉換話題，例如以「對了，最近大家都更注意體態美，我父母也開始散步呢！」之類的說話，好讓主題轉換到運動。如此一來，大家也會將注意力回到你的話題。

或許你會問：即使這樣的方法可用於日常聊天或會議對話，但這是否又適用於公開演說呢？又說，在公開演說的時候，我們應該特別注意什麼呢？

話說，在二〇一〇年四月，位於美國墨西哥灣的深海地平線號鑽油平台（Deepwater Horizon Oil Rig）發生爆炸，造成英國石油公司（BP）的十一名員工當場喪生，以及十七名受傷。爆炸之後，每天有二至四萬桶的原油從海底不斷湧出，一個多月後，受到污染的區域已高達十六萬平方公里。

面對這次造成人命傷亡的環境大災難，BP當時的執行長唐熙華（Tony Hayward）公開說了一句：「我比任何人都希望事情趕緊結束，我希望我的生活回到正軌！」

唐熙華的說話，引發了公關災難，以至他的下台。但我們更想知道的是：一名擁有博士學位及多年高級行政經驗的人，何以說出這種必然遭到譴責的愚蠢說話呢？除了涼薄，更可能因為緊張。

《精準提案：既能提案，也會閒聊，即席演講沒障礙，連道歉都能贏得人心》的作者認為，唐熙華的個案告訴我們，再多公開演說經驗的人，也有緊張的時刻，而在緊張時，也是人們最容易禍從口出的時候。因此，無論是日常聊天，還是公開演說，我們都要學會在緊張時好好說話的技巧。

例如，你可以**放慢一點說話**。在緊張時，大腦為了協助我們解決當下的困難，便更快更多地提供資訊。但，這樣短時間內增加資訊量的結果，正是引導我們更快、更多地說話。

當我們緊張，語速便會提升，傾向說不停嘴。這些說話，往往是未經仔細思考的內容，也就容易出錯了！言多必失，所以我們要放慢一點說話，換取時間讓腦袋處理增加了的資訊量，也是逆向暗示大腦：我沒有在緊張。

另外，我們要注意說話的姿勢。當你極端緊張時，與其開口胡說八道，更可以嘗試有禮貌地站起來說話。作者引用研究說，相對於坐下來說話，站起身說話可以減少壓力指數百分之二十五。

又說，當我們真的負荷不了當下的緊張，而以上的方法也幫不了忙的時候，我們又應該怎樣呢？我們總能夠做到一件事：控制嘴巴，暫停發言。有時，說錯了話的傷害，絕對比沒有說話大得多。

當我們要成功完成一件事情，首要的任務是「問到一個對的問題」。舉例，當我們要跟陌生人提案，希望對方接受一次合作，我們可能問的是：對方給予我們多少時間報告提案呢？或問，如果有一小時的話，我們應該報告什麼內容呢？

然而，《簡短卻強大的3分鐘簡報》（*The 3-Minute Rule*）一書的作者布蘭特．平維迪克（Brant Pinvidic）說，我們真正要問的是：我可以如何在三分鐘內說服對方呢？換言之，無論對方給予你一小時，還是半天時間，你必須思考的，始終是如何在三分鐘內完成一次成功的提案。

三分鐘提案「不僅是一個建議，它是一個規則」，因為「每個人都只有三分鐘的時間來贏得你的觀眾」。平維迪克告誡我們，請不要再以為花巧或長篇大論的銷售可以助你提案，因為在當下，人們的注意力太短暫，大家都沒有耐心去聆聽、去理解，尤其對於「浮誇、冗長、花俏和其他浪費時間，或侮辱人常識智慧的事物」，更是毫不寬容。

或許，我們可能真的有一小時的時間去報告提案，但「在頭三分鐘之後，你的觀眾已經會有接受或拒絕提案的傾向」。再者，即使你的報告對象接受了你的提案，但他往往也不是最終的決策者。接下來，他將要代你去跟決策者再報告一次你的提案，而你認為，他可以好好的覆述一小時的內容，還是三分鐘的精要提案呢？

三分鐘提案的理由，不難叫人明白，但也必定有人質疑：我的主題與提案如此複雜，怎可能以三分鐘完成報告呢？

平維迪克以自己在荷里活的職業生涯告訴我們：他成功推銷了超過三百個電視和電影項目，而每一個項目的提案時間都在三分鐘以內。平維迪克是如何將一個多小時的故事，甚至是一季劇集的內容，擠入僅僅三分鐘的提案呢？簡短的答案是：你不需要。

平維迪克寫道，三分鐘提案的首要任務是教對方**認同你的點子**。如果對方肯定了你的想法，他便會初步認同你的計劃，而他自然會以剩下的五十多分鐘（假如那是一小時會議）來追問細節。如果你一開始就專注於這些細節，那只是本末倒置。

假設我們都認同了以上的道理，那應該怎樣設計這完善的三分鐘提案呢？平維迪克指出，我們可以透過四個基本問題作為提案的基礎。第一、二個問題相對直接，那就是「**這是什麼**？」及「**如何運作**？」如果你未能以一兩句說話解答這兩個問題，那證明你自己也未弄清楚正要提案什麼。

第三個問題是「**你確定嗎**？」意思是提案人必須要有足夠的數據、資訊或事實，去證明提案的價值，並且可以說服對方這是可行的計劃。第四個問題是「**你做得到嗎**？」意思是你必須證明自己有能力執行和完成這提案。

平維迪克指出，一般人都會在提案開始時介紹自己的背景，但這樣的做法無法將自己的經驗緊密地與提案連結。更好的做法是：在解說了提案的內容與執行方案之後，才針對提案的需要來概說自己的相關資歷與能力。

電影世界有一個術語叫「**失去一切**」（All is Lost）時刻，即主角似乎處於失敗邊緣的那一刻。平維迪克提到，當這「失去一切」時刻出現了，觀眾就能夠好好迎接戰勝困難而來的情感反彈和喜悅。

在提案時，我們也要製造「失去一切」時刻，即你要提到提案有可能或正在面臨的問題，並接著拋出你構想到的解決方法，這有助於對方感受提案的真實與細緻。

最後的提醒是：三分鐘，大概就是二十五句說話。

當你想要設計一個提案時，嘗試將它寫成二十五句說話，然後讀一次，重新排序：將四個基本問題的回覆順序排好；將第二個最令人興奮的點子作開場白；安排「失去一切」時刻於中後段出現；以你最有力的亮點，或一件俏皮軼事作結尾。

❀

最後，我們談一談語言的魔法。

說到語言魔法，我們是想到咒語。咒語神秘，但我們未必會相信跟隨妙麗唸「溫咖癲啦唯啊薩」便能叫羽毛飛起，又或唸「媽呢媽呢空」就真的可以變出一隻小白鴿。

然而，有些咒語，又真的有效，甚至是我們會教小孩子唸，讓他們心想事成，這些小咒語包括「唔該」、「多謝」、「不用客氣」。不過，這些只是入門級的語言魔法。在其著作《如何讓人聽你的：華頓商學院教你用文字引發興趣、拉近關係、有效說服》（*Magic Words: What to Say to Get Your Way*），賓州大學華頓商學院行銷教授約拿・博格（Jonah Berger）告訴我們：**語言魔法**比我們想像到的要更多、更深，而且是我們做到有效溝通的神秘關鍵。

博格寫道，我們每天大約使用約一萬六千個詞（這是以英語計數，若換算成中文，我想大概是二萬字左右），但認真的去思考如何使用，或搭配詞語的人卻很少很少，而語言魔法正正隱藏於選詞用字。

在二〇一四年，科學家進行了一項實驗，目的是找出如何鼓勵小孩子收拾東西。首先，他們讓一班四歲左右的孩子玩玩具，而當小孩轉到其他活動之後，研究人員請其中一組孩子「幫忙清理玩具」，並請另一組小孩「當上清理玩具的小幫手」。你認為哪一組小孩更願意幫忙收拾玩具呢？

答案是後者，就是那被鼓勵成為「小幫手」的一組。研究指出，在內容性質不變的情況下，單單是**將動詞轉成名詞**，就能夠大大提高語言的引導力，因為這樣的語言咒語，可以激活一種身份的自重感。

舉例，當我跟別人自我介紹時，說「我是一名作者」，這比起我說「我寫作的」會有多一份長期的、持久的語感，也令「寫作」成為了個人身份、定位與特徵。因此，當小孩成為了「小幫手」而非被要求去「幫忙」時，這更有效令他們自發的收拾玩具。

當我們想戒掉某些壞習慣時，我們又可以用上另一個語言咒語：**使用「不」而不是「不能」**。舉例，當我們要節食時，我們往往會說一些像「我現在不能吃巧克力蛋糕，因為我正在努力保持體態」的說話，但這暗示了我們實際上是「想吃蛋糕，卻因外部力量阻止了這慾望」。

這樣的語言暗示，容易叫我們更加敏感於誘惑，更難抵抗蛋糕的吸引力。取而代之，當你試圖改變一個壞習慣時，嘗試用「不」來說話：不是「我不能吃」，而是「我不吃巧克力蛋糕的」。不吃，就是不吃，連想吃的第一因也沒有。

另一組語言咒語是有關「信心的形象」。信心有兩個向度，有內在的自信，以及向外的信心表現。然而，哪怕你自信滿滿，如果使用的語言出錯了，還是會呈現缺乏信心的表現。試想一想：你是否常常用到「我想」、「或許」和「有點」等詞語呢？

博格稱這些詞為「**模糊修飾語**」，用於人們表明說話的內容只是個人意見，並非確定的事情。模糊修飾語的不確定性，造成了副作用：暗示了信心的缺席。

為了提升信心表現，我們除了減少模糊修飾語，也要減少「填充詞」。填充詞，是我們在說話與思考之間，用來填充空白的詞語，如「嗯」、「啊」和「呃」等等（以我觀察，也有些人會以重複最後的一個字來換取時間）。博格提到，當我們大量用到填充詞，演說的權威感便急劇下降，連同說服力與吸引度也會轉弱。因此，這是公開演說的大忌。

當然，語言魔法之使用，也視乎場合。在公開演說時，我們要提供信心表現，所以減少模糊修飾語與填充詞，但當我們與朋友聊天時，模糊修飾語與填充詞又可以增加你的親和力。

說到與朋友或同伴說話，博格又提醒我們：採用與同伴類似的短語和表達方式說話，可以是快速成為群體一員的好方法。

有一項研究分析了一家中型公司員工的電子郵件，發現與同事語言風格一致的員工，其升職的可能性是他人的三倍。相反，語言風格不同的員工被解僱的風險，則是其他人的四倍。

但，話說回來，究竟研究人員最初是怎樣想到要做這樣的調查呢？

上一節提到，當我們談話時加入太多的**填充詞或停頓**，好可能會造成缺乏自信的印象。這樣的關注出於「說者不想聽者誤讀」，但如果「聽者想聽明白說者的內心」，那我們又要了解：為什麼人說話時會加入填充詞呢？

關於填充詞或停頓，我們都有一個誤解，以為當對方在回應時暫停，這代表他正在思考、理解、處理剛聽到的內容，又或代表他正在尋找合適的詞語或決定去回應。然而，英國心理與行為科學家伊麗莎白・斯托克（Elizabeth Stokoe）告訴我們：在對話時停頓，通常代表停頓者認為談話的下一步發展是有問題的。

填充詞或停頓，預示了說話者即將給予一個不太理想的回應。舉例，當你問對方：「今天晚上一起吃晚餐好嗎？」理想的回應顯然是即時的：「好啊。」但，若然對方接下來的回應是填充詞或停頓，那他好大機會將要說：「不行。」

當遇上這樣的情況，我們巧妙的對應，就是要把握那「停頓」與「不行」之間的半秒鐘，加插一句：「或再約另一個晚上？」那麼，對方便有空間去收回將要說出口的「不行」。

在《談話：對話的科學》（*Talk: The Science of Conversation*）一書，斯托克以此為例，說明了一個重點：了解對話的形式與結構，有時比內容更重要，更可以幫助我們達到有效的溝通。

斯托克是現任倫敦政治經濟學院心理與行為科學系的教授，並為洛夫堡大學社會科學系榮譽教授。多年來，她從事有關**對話結構**和模式的研究，發現了不少隱藏在對答之間的線索與意義。

首先，斯托克要我們明白談話的基本結構：對話，是以「鄰接對」（Adjacency Pairs）組成的，即當你發了一言，對方答上一語，這才是一個單位的對話。

這個「一說一答」的鄰接關係非常重要。對話由輪流發言組成，一個人說話，另一個人聽並等待發言，而當「一說一答」的輪流節奏被打斷，談話的結構便會出現問題，連同談話的氛圍。

舉例，當對方正在說話，而你突然忍不住插話，你便打斷了一說一答的輪流節奏，也破壞了平等談話的氣氛（也給你自己製造了無禮的壞印象）。或許，你會說：「我怎可能犯下這樣的錯！」那我們看一看以下的情景題。

情景一：你對鄰居說「早安」，鄰居答道：「我想跟你談一下你家的狗吠問題。」

情景二：你對鄰居說「早安」，鄰居答道：「早安，哎，我想跟你談一下你家的狗吠問題。」

比較兩個情景，兩者之別只是多了「早安，哎」這三個字，但顯而易見，情景二將會達到比較健康的談話，理由是這回答沒有破壞談話的鄰接結構，你的早安問候得到了回應，而填充詞「哎」則自然地開啟了另一組談話鄰接對。

於是，我們也明白到，簡單如「哎」、「噢」、「所以」這些看似無意義的填充詞，實際上標誌著對話的轉折點，而不同的填充詞，也暗示了不同方向的轉折。

可惜，關於填充詞的暗示，斯托克的研究是以英語為本，未必完全適用於中文溝通，但有一點是肯定的：當對方在發言時，突然刻意的加入一個填充詞，在這時候，你便要留意了！因為這填充詞暗示：對方將要提出一個需要你回應的話題，如「哎！關於你借的那筆錢……」

當我們明白了談話的結構，那便可以講究內容的呈現。斯托克以另一組情景題來說明。假設有兩間酒店，兩者都希望客人減少更換毛巾，於是他們都掛了一個呼籲的牌子：

酒店一的牌子寫著「為了環保，希望你重複使用毛巾」。

酒店二的牌子寫著「大多數客人都選擇重複使用毛巾，希望你也是其中一員」。

酒店一的呼籲基於合理的環保原則，酒店二的呼籲則訴諸於社會常態的暗示。研究的結果出乎我意料之外，它指出，酒店二的效果明顯較好，而更赤裸的事實是：環保呼籲的效果，幾乎是零。

從這個酒店呼籲的例子，我們學會了什麼呢？首先，選項的措辭，可以改變對方的選擇與行為，而更重要的是：要學會如何妥當選用措辭，我們必先要了解的，始終是人性。

參考書目

1. 馬克斯・巴金漢（Marcus Buckingham）與唐納德・克利夫頓（Donald O. Clifton）著，方曉光譯，《現在，發現你的優勢》（*Now, Discover Your Strengths*），中國青年出版社，二〇〇九。

2. 彼得・杜拉克（Peter Drucker）著，《自我管理》（*Managing Oneself*），哈佛商業評論，二〇〇五。

3. 啟斯・法拉利（Keith Ferrazzi）與塔爾・拉茲（Tahl Raz）著，洪慧芳譯，《別自個兒用餐——人脈達人的31則備忘錄》（*Never Eat Alone*），天下雜誌，二〇〇五。

4. 羅伯特・席爾迪尼（Robert Cialdini）著，閻佳譯，《影響力：讓人乖乖聽話的說服術》（*Influence: The Psychology of Persuasion*），久石文化事業有限公司，二〇一七。

5. 史迪芬・平克（Steven Pinker）著，陳岳辰譯，《理性：人類最有效的認知工具，讓我們做出更好的選擇，採取更正確的行動》（*Rationality: What It Is, Why It Seems Scarce, Why It Matters*），商周出版，二〇二二。

6. 卡爾・紐波特（Cal Newport）著，吳國卿譯，《深度工作力：淺薄時代，個人成功的關鍵能力》（*Deep Work: Rules for Focused Success in a Distracted World*），時報文化出版企業股份有限公司，二〇二一。

7. 理查德・尼爾森・鮑利斯（Richard Nelson Bolles）著，方慈安譯，《你可以不遷就：你的求職降落傘是什麼顏色？教你探索個人職涯、化劣勢為優勢的不敗求職指南》（*What Color is Your Parachute 2017: A Practical Manual for Job-Hunters and Career-Changers*），遠流出版事業股份有限公司，二〇一七。

8. 提亞戈・佛特（Tiago Forte）著，陳文和譯，《打造第二大腦：多一個數位大腦，資訊超載時代的高效能知識管理術》（Building a Second Brain），商業周刊，二〇二三。

9. 提摩西・費里斯（Tim Ferriss）著，金瑄桓譯，《人生給的答案——你的掙扎，他們都經歷過，世界最強當你最堅強的後盾》（*Tribe of Mentors: Short Life Advice from the Best in the World*），天下雜誌，二〇二〇。

10. 喬恩・阿考夫（Jon Acuff）著，林雨儂譯，《想簡單，其實很簡單：過度思考的驚人解決方案》（*Soundtracks: The Surprising Solution to Overthinking*），道聲，二〇二二。

11. 丹尼爾・品克（Daniel H. Pink）著，趙盛慈譯，《後悔的力量：全面剖析悔恨背後的行為科學，將遺憾化為高效行動力》（*The Power of Regret: How Looking Backward Moves Us Forward*），大塊文化出版股份有限公司，二〇二三。

12. 薩曼莎・博德曼（Samantha Boardman）著，王瑞徽譯，《強韌心態：康乃爾醫學院權威醫師最強人生充電術！讓你增強心理韌性、掌握幸福策略性！》（*Everyday Vitality: Turning Stress into Strength*），平安文化，二〇二二。

13. 布萊德・史托伯格（Brad Stulberg）著，龐元媛譯，《踏實感的練習：走出過度努力的耗損，打造持久的成功》（*The Practice of Groundedness: A Transformative Path to Success That Feeds-Not Crushes-Your Soul*），遠見天下文化出版股份有限公司，二〇二二。

14. 一行禪師（Thich Nhat Hanh）著，薛絢譯，《活的佛陀，活的基督》（*Living Buddha, Living Christ*），立緒文化事業有限公司，二〇二一。

15. 里克・魯賓（Rick Rubin）著，杜蘊慈譯，《創造力的修行：打開一切可能》（*The Creative Act: A Way of Being*），大塊文化出版股份有限公司，二〇二三。

16. 戴夫・亞斯普雷（Dave Asprey）著，王婉卉譯，《防彈成功法則：46個觀念改寫世界規則，由內而外升級身心狀態，讓你更迅捷、更聰明、更快樂》（*Game Changers: What Leaders, Innovators, and Mavericks Do to Win at Life*），木馬文化，二〇一九。

17. 大衛・博瑪特（David Perlmutter）與克莉絲汀・羅伯格（Kristin Loberg）著，廖月娟譯，《無麩質飲食，打造健康腦！揭開腸道菌影響腦力、免疫、心理健康的驚人真相》（*Brain Maker: The Power of Gut Microbes to Heal and Protect Your Brain for Life*），遠見天下文化出版股份有限公司，二〇一八。

18. 維偉克・莫西（Vivek H. Murthy）著，廖建容譯，《當我們一起：疏離的時代，愛與連結是弭平傷痕、終結孤獨的最強大復原力量》（*Together: The Healing Power of Human Connection in a Sometimes Lonely World*），天下雜誌，二〇二〇。

19. 凱瑟琳・吉爾迪娜（Catherine Gildiner）著，吳妍儀譯，《早安，我心中的怪物：一個心理師與五顆破碎心靈的相互啟蒙，看他們從情感失能到學會感受、走出童年創傷的重生之路》（*Good Morning, Monster: Five Heroic Journeys to Recovery*），臉譜出版社，二〇二一。

20. 克勞蒂亞・哈蒙德（Claudia Hammond）著，吳慕書譯，《休息的藝術：睡好睡滿還是累？比睡眠更能帶來活力與幸福的10道休息建言》（*The Art of Rest: How to Find Respite in the Modern Age*），商周出版，二〇二〇。

21. 丹・布特尼（Dan Buettner）著，王惟芬譯，《藍色寶地：解開長壽真相，延續美好人生》（*The Blue Zones: 9 Lessons for Living Longer from the People Who've Lived the Longest*），大石國際文化，二〇一六。

22. 羅伯・葛林（Robert Greene）著，謝佳真譯，《喚醒你心中的大師：偷學48位大師精進的藝術，做個厲害的人》（*Mastery*），李茲文化有限公司，二〇一七。

23. 湯姆・范德比爾特（Tom Vanderbilt）著，劉嘉路譯，《學以自用：管他考試升學工作升遷，這次我只為自己而學！》（*Beginners: The Joy and Transformative Power of Lifelong Learning*），親子天下，二〇二一。

24. 布芮尼・布朗（Bren é Brown）著，洪慧芳譯，《我已經夠好了：克服自卑！從「擔心別人怎麼想」，到「勇敢做自己」》（*I Thought It Was Just Me (but it isn't): Making the Journey from "What Will People Think?" to "I Am Enough"*），馬可孛羅文化事業股份有限公司，二〇一四。

25. 潔薩米・希伯德（Jessamy Hibberd）著，陳松筠譯，《冒牌者症候群：面對肯定、讚賞與幸福，為什麼總是覺得「我不配」？》（*The Imposter Cure: Escape the Mind-trap of Imposter Syndrome*），商周出版，二〇一九。

26. 喬可・威林克（Jocko Willink）著，林步昇譯，《自律就是自由：輕鬆取巧純屬謊言，唯有紀律才是王道。》（*Discipline Equals Freedom: Field Manual*），經濟新潮社，二〇一八。

27. 丹尼爾・康納曼（Daniel Kahneman）著，洪蘭譯，《快思慢想》（*Thinking, Fast and Slow*），遠見天下文化出版股份有限公司，二〇一八。

28. 尼爾・費歐（Neil A. Fiore）著，許宜庭譯，《擊敗拖延，就從當下的三十分鐘開始：消除潛在的恐懼與抗拒心理，輕鬆破解慣性拖延》（*The Now Habit: A Strategic Program for Overcoming Procrastination and Enjoying Guilt-Free Play*），遠流出版事業股份有限公司，二〇一八。

29. 傑若米・丁恩（Jeremy Dean）著，呂亨英譯，《其實，你一直受習慣擺布：為什麼只是改變習慣步驟，就能更有創意、成功塑身、工作有效率？》（*Making Habits, Breaking Habits: Why We Do Things, Why We Don't, and How to Make Any Change Stick*），寶鼎，二〇一四。

30. Isaiah Hankel, *The Science of Intelligent Achievement: How Smart People Focus, Create and Grow Their Way to Success*. Capstone Ltd. 2018

31. 蘿拉・范德康（Laura Vanderkam）著，陳重亨譯，《這一天過得很充實：成功者黃金3時段的運用哲學》（*What the Most Successful People Do Before Breakfast: And Two Other Short Guides to Achieving More at Work and at Home*），今周刊，二〇一四。

32. 凱莉・麥高尼格（Kelly McGonigal）著，薛怡心譯，《輕鬆駕馭壓力：史丹佛大學最受歡迎的心理成長課》（*The Upside of Stress: Why Stress Is Good for You, and How to Get Good at It*），先覺出版股份有限公司，二〇一六。

33. Caroline Leaf, *Cleaning up your mental mess: 5 Simple, Scientifically Proven Steps to Reduce Anxiety, Stress, and Toxic Thinking*. Baker Books. 2021

34. 喬瑟夫・麥柯馬克（Joseph McCormack）著，劉怡女譯，《精簡：言簡意賅的表達藝術》（*Brief: Make a Bigger Impact by Saying Less*），先覺出版股份有限公司，二〇一四。

35. 布蘭特・平維迪克（Brant Pinvidic）著，易敬能譯，《簡短卻強大的3分鐘簡報：好萊塢金牌導演教你「WHAC法」成功提案，用最短時間說服所有人》（*The 3-Minute Rule: Saying Less to Get More from any Pitch or Presentation*），采實文化，二〇二一。

36. 馬克・葛斯登（Mark Goulston）著，賴孟怡譯，《先傾聽就能說服任何人：贏得認同、化敵為友，想打動誰就打動誰。》（*Just Listen: Discover the Secret to Getting Through to Absolutely Anyone*），李茲文化有限公司，二〇一九。

37. 比爾・麥克高文（Bill McGowan）與艾莉莎・鮑曼（Alisa Bowman）著，張家綺譯，《精準表達：既能提案，也會閒聊，即席演講沒障礙，連道歉都能贏得人心》（*Pitch Perfect: How to Say It Right the First Time, Every Time*），三采，二〇一四。

38. 約拿・博格（Jonah Berger）著，鄭煥昇譯，《如何讓人聽你的：華頓商學院教你用文字引發興趣、拉近關係、有效說服》（*Magic Words: What to Say to Get Your Way*），時報文化出版企業股份有限公司，二〇二三。

39. Elizabeth Stokoe, *Talk: The Science of Conversation*. Robinson Press. 2022

40. 凱瑞・派特森（Kerry Patterson）等著，袁世珮譯，《開口就說對話：如何在利害攸關、意見相左、或情緒失控的關鍵時刻話化險為夷》（*Crucial Conversations Tools for Talking When Stakes Are High*），美商麥格羅希爾國際股份有限公司台灣分公司，二〇一二。

41. 凱特・墨菲（Kate Murphy）著，謝佩妏譯，《你都沒在聽：科技讓交談愈來愈容易，人卻愈來愈不會聆聽。聆聽不但給別人慰藉，也給自己出路》（*You're Not Listening: What You're Missing and Why it Matters*），大塊文化出版股份有限公司，二〇二〇。

青春是一朵西蘭花

——一名文藝工作者的生活學指南②

米哈

責任編輯
李宇汶
書籍設計
姚國豪

出版
P. PLUS LIMITED
香港北角英皇道四九九號
北角工業大廈二十樓
20/F., North Point Industrial Building,
499 King's Road, North Point, Hong Kong

香港發行
香港聯合書刊物流有限公司
香港新界荃灣德士古道二二〇至
二四八號十六樓

印刷
美雅印刷製本有限公司
香港九龍觀塘榮業街六號四樓A室

版次
二〇二四年六月香港第一版第一次印刷

規格
三十二開（128mm × 185mm）
二四八面

國際書號
ISBN 978-962-04-5472-1